中国当代文学研究资料

新 诗 选

2022 年第 1 季

名誉主编：林　莽

主　　编：陈　亮

上海文艺出版社

编 委 会

目 录
Contents

惊　蛰

阿　华

此时的鸟鸣，已经不一样了
新的轮回
在它们体内，早已悄然开启

怀着清澈的敬畏和不安
一只醒来的昆虫，在几厘米的
小行星上练习踱步

"……植物有序，大地返青"

窸窸窣窣的雨声里
耧斗菜和婆婆纳，在卓绝中
带着冷艳

这样的春天，是值得期许的

——脚步不能抵达的地方，风替
它们全都走了一遍

（原载《诗外滩》微信公号 2022.3.5）

一 生

阿 毛

季节不断轮回

而属于我的春天能有多少

我坐在无人的角落

让半垂的书卷睡去

回忆已经开始

十五年的乡村生活

成为不能回去的前世

几十年长大的城市

被污染，被伤害，郁郁寡欢

几次爱，一次婚姻

一个孩子，若干本书

他们说，你是爱人，你是妻子

你是母亲

你当然是世界的女儿

时光飞逝，尘土飞扬

一些散乱的笔墨和错别字

占据了一页纸洁白的余生

（原载"诗与画"微信公号 2022.3.7）

风　车

艾　蔻

当列车飞驰在旷野

我们看到的

是矗立于高远的风车

空气一路流转，仿佛还携带着

上个世纪的加密军情

那种像是从故土传来的声响

一定搅碎、搅烂过若干事物

当某只齿轮被敲醒

带动另一只，又一只

当更多的齿轮、连杆、轴承

纷纷加入

风车仍然很慢

却异常坚定

我们看不到的

是它沉着而忧伤的内里

当一切衰老得无法继续

巨硕的身躯被放倒，被拆卸，被归零

永恒的电流遁入大地

当曾经打动过它的那阵风

缓缓轻抚战争遗址

分手的情侣泪流满面

诗中写满了平静与宽容

（原载《解放军文艺》2022 年第 3 期）

绳　索

白庆国

一下午，我与父亲

打着绳索

整个落日的时光

稻草的绳，麦秸的绳，青草的绳

当然，我们希望更好的绳索

还没有数数，一堆

在下午的直角处

新鲜，有力，把握

还散发着禾香

我不时用眼睃

而另一旁也是一堆

散乱，陈旧，结到处都是

都将被代替

我们谁也不去看

有时我幻想自己就是一个结

所有的日子就不会把我丢弃

所有的绳索都是用来捆绑的

我喜欢那种感觉

我和父亲同时用力

向相反的方向

我想，这就是生活的奥秘

有时向相反的方向用力

就像绳索

我与父亲同时用力

用力到最大

然后，父亲打一个死结或活结

捆住的是青草，干柴

或许是潮湿的日子，或者是一座村庄

更或者是一群不听话的麻雀

最后，我还是要说

我喜欢那种感觉

我与父亲

向相反的方向用力

在下午或黄昏时分

（原载《诗刊》2022 年 3 月下半月刊）

古老的事情

薄　暮

多么古老的事情。我在山中
饮酒，想起你，只能写诗
题在亭柱上
风吹干墨迹，月色来来往往
然后，某一天，风把你送来
恰好在这里小憩
看到我曾经坐旧了的黄昏
——诗歌有一些憔悴
月色一遍遍地拂拭你的目光

今晚，在陌生城市的塔楼
电闪雷鸣，风雨交加
想起某个冬夜围炉而坐，良久不语
一抬头，看到你的镜片上
两团熊熊的火光
想起飞越的山河大海，舷窗外
无比明净的星空
总让人不知身在何处、将去何方

——过去不是这样啊
就像那一年
有人牵着红马，别了草原
有人辞过东海，一路北上

看了我留在亭柱上的诗

就会在黄鹤楼或者

凤凰台的白壁上，写下滔滔江水

（原载《诗刊》2022 年 1 月上半月刊）

驻马店

冰　斌

我走了很远的路在日落时分到达车站。

趁着夜色，我爬上一辆运载圆木，

向北开去的火车——我要去驻马店。

我要去驻马店，完全来源于我的母亲。

那里，是我母亲的外婆的家。

其实我根本不知道驻马店在哪里。

但母亲说过，驻马店在河南，火车

一直向北开就到了。我在圆木中坐着，

我一直觉得车厢里还有一个人。

我听到他轻微的呼吸和移动身体的声音。

但无论如何努力寻找，我始终看不见他。

我又冷又饿，不知不觉就睡着了。

不知过了多久，或许很短或许很久，

我醒来。火车已经停下。我可以肯定

是那个人叫醒并告诉我驻马店到了——

我在那里下车。我告诉你们所有人，

我去过驻马店。在我很小的时候，

我就去过——我见过我的曾外祖母。

（原载《星星·诗歌原创》2022 年 2 月号）

我还未出生

冰　斌

我还未出生——

我在人世间已经生活

多年。我的身世，是一个

失明多年的聋者内心

深处的天机。关于我，

我只能告诉你们：我的

父亲高大健壮，早年

落草为寇。我的母亲

略通文脉，跟那个时代

大多数女子一样

具有美德，随父亲

从繁华的都城隐居乡野。

而我最早的记忆来自

童年时代的一场大雪。

那个夜晚，月光堆积如父亲

暗藏的银子。我在树林里

遇见一只狐狸——

后来，她成为我的妻子。

（原载《星星·诗歌原创》2022 年 2 月号）

四月，玫瑰

冰 水

对于玫瑰，我擅长复调抒情
我歌唱它们：在花盆的泥土里
在公园的庭廊中。偶尔
也在我后屋的阳台上

如果你要摘下它送于我
它就是春天，是我爱过的荆棘
是我抱住又生疼的芒刺
是我猝不及防的成群的悲伤

这些在四月尽情打开的火焰
它们离灰烬那么近，那么崩碎
我在火光的背影里看着它们

一些不断晃动的日子
倾落。从身体里剥出刺
那些灰白的日子。玫瑰谢了

蔷薇也谢了，我已不再那么悲伤

（原载《胶东文学》2022 年第 1 期）

倒着走路的人

陈　亮

近些年，在春天的桃花园里

你会看见许多操着各种口音

倒着走路的外地人

他们有老人、中年人，还有青年和孩子

有的走得熟练，走得风快

脑后仿佛长了眼睛。有的歪三斜扭

被石头绊倒，浑身泥土

有的撞到了树上和篱笆上

掉到沟里、河里——却如金刚护体

打个滚，爬起来继续倒着走路

他们说这么多年他们只有倒着走路

才找到桃花园的

他们说，倒着走路的好处玄妙无穷

——病人会找到健康，老人找到年轻

中年回到少年，少年回到儿童

会找到所有被丢掉的美好，比如爱情

甚至还会得道成仙。这个方法

不知道出自哪里

很多远方的人却对此深信不疑

索性在此安营扎寨，赖着不走

多年以后，我开始四处打听这些

倒着走路的人，和他们的下落

有的走火入魔，有的可能

确实已经成仙，去了谁也不知道的地方

（原载"诗探索"微信公号 2022.1.22）

迈特村地理

陈马兴

坐东向西，面朝南海

迈特村地处雷州半岛最南端

北部湾的西南风

吹过沙滩、田野、村庄、教堂、墓地

带来大海的恩泽，也刮来丰饶的渔讯

海岸线一字形延展

风大，水阔，沙子细白

小螃蟹挖出细如珍珠的沙粒

阳光下如汗珠里遗落的盐
赶海人在沙滩上刨日月，挖生活
浅海里拉起的网，总能捕到些许
生猛的鱼虾

大陆走到迈特村，就止步了
祖先们就去海里找路
呼天吼出雷声，踏海逐波击浪
岁月飘摇，仁爱之舟永不沉落
迈特村人从古至今，都这秉性
每一双眼睛都有一片大海

深陷惊雷与涛声之中，迈特村
又出奇的宁静
月光下的海，舔着如雪地的沙滩
渔火点点，如神灵之眼
蓝鲸和白鲨，都在海底沉睡
沙丁鱼群，也遁入安然
所有海鸟，敛起翅膀、天空和嘴唇

而长明的油灯点亮祠堂，祖宗的厚德
弥散在香火和空气中
游子归来，叩拜，亦悄然无声
之后，在辗转起伏的梦里

听到子规一声声叫魂儿的啼叫

（原载《诗庄稼》2022 年春卷）

雨 夜

陈星光

大雨稍歇，像一个久咳不止的人
有了片刻安静。

那一滴滴雨珠的孩子
让深夜
愈显寂静。

那么多灯光都熄灭了。
我在街边坐了那么久，
在等一个伤心人。

下到她身上的雨
还没离去。

我希望她明媚地向我走来，
斩断一切不祥的消息。

（原载《诗潮》2022 年第 2 期）

醒　来

川　美

一只鸟，用奇怪的叫声

在我耳廓上磨嘴

让我想起早年住在乡下时我母亲在缸沿上磨刀

她一大早就一边哐哐哐地剁猪菜

一边抱怨"日子什么时候是个头"

我没有猪菜等着剁

也没有辛劳可诅咒

但我内心的苦楚常似野草疯长

我闭上眼睛，看着肉体的我已如废墟

神走远了，我却还想着在废墟上建寺庙

我的悲哀比我母亲的高级吗

当又一场春风如叹息吹送

——朝着我的废墟

我抹去残砖断瓦上的尘土

我还不想说"日子什么时候是个头"

（原载"一见之地"微信公号 2022.1.25）

肉身乃是绝境

大 解

世间有三种存在不可冒犯：

神，灵魂，老实人。

法则有大限，人生也有边缘。

活到如今，身外皆是他人，

体内只剩自我，却不敢穷极追问。

我是真不敢了。君不见，

天地越宽，自我越小，

肉身乃是绝境。

如果有一天，我把自己也得罪了，

我将无险可守。

想到这里，

我突然用胳膊抱住了自己，

尽力安慰这个孤身自救的老人。

（原载"一见之地"微信公号 2022.1.2）

轻与重

代 薇

到了一定的时候

敢于停止就显得尤为重要

刻意的不求聪明

保持最低限度的无知

所有懂得轻与重

得与舍的艺术家

都是天选之人

他们知道怎样与空气相往来

或者说，他们知道

一座山怎样像气球一样

飘起来

（原载诗集《晚安人间》2022 年江苏凤凰文艺出版社出版）

霜　降

灯　灯

霜降之后，蜜蜂和蝴蝶不见踪影。

只有草，在践踏中

活了下来。像我，和我的朋友们

在各自的生活中

话越来越少——

我们经历过什么？

我们还要去哪儿？

我们终于来到了，我们不愿承认的反面

我们终于在镜头下

露出塑料花般，灿烂永恒的微笑

我们终于忍受了我们的生活

河流遇礁石，粉身碎骨
草在霜降后，又一次活了过来

我已失去太多，我还将继续失去
和我不同的
是草，霜降之后，又活过来
醒过来

——每一棵都在写：我不认命。

（原载《诗潮》2022 年第 2 期）

夏日午后

邓朝晖

万物皆有罪
我只保留美的那一部分
猫咪伏在白石上
长裙善舞
瓷杯空无

我一家一家地走过
午后的店铺

桥边水母绽放

三角梅不如海边

只有独立的几朵

青桃迟暮，皂荚惊心

小小书生拱手吟唱牡丹亭

午后的骡马巷形同一片废墟

孔雀仙子飞回了南方

大门紧锁

尘埃落定

树下的老者

宛如我死去的父亲

（原载《诗林》2022 年第 1 期）

羊的眼睛

第广龙

红油，蒜蓉，醋水

羊的眼睛，不辛辣

不酸楚，自然不会流泪了

吃掉羊眼睛的人

吃的是口感，不是羊的眼神——

那么温柔，摇曳草的影子，人的影子

吃着吃着，这个人哭了

这个人刚和爱人分手

哼唱的谣曲里，把爱人的眼睛

比作羊的眼睛

（原载《延河》2022 年第 2 期）

卸装之后

丁　可

县剧团乡下演出归来

演员们从大棚车上跳下

唱黑脸的、唱红脸的、唱白脸的

装娘娘的、扮丫鬟的

各自恢复了素面

明天放假一天　各干各的营生

秦香莲搂住包公的腰

摩托车上扬长而去

穆桂英的丈夫经营麻辣鸭

她要赶回家撮动兰花指摘鸭毛

陈世美要去街头夜市摆书摊

管服装的王菊要去烤羊肉串

敲梆子的老罗开起"小羚羊"车

做业余的哥

打锣的老邱要连夜施工

偷砌一间小屋　　盘算着拆迁时

能多赔赏几平米

崔莺莺直接上了一家唢呐班的机动三轮

"皇帝"张明光的妻子半身不遂

他提着半塑料袋上午吃剩的菜

不再讲究舞台步　匆匆往家走

鼻洼里还有一小块没洗净的油彩

（原载"诗与画"微信公号 2022.3.15）

春　天

杜　涯

妈妈。在郊野我望见了城外的春天

阳光盛大　风声日益高涨

穿过原野的尘土路上

数辆马车走过

春草在车轮下滚滚铺向天涯

妈妈。春天里我住在灰色的城中

游乡人带给我村庄的消息

我想起冬天有风的日子

飘雪的日子

以及所有古老的节日

在那些节日里我总是沉默不语

妈妈。春天里我住在灰色的城中

望见春天的风穿城而过　沉默不语

今天我望见了城外的春天

妈妈。追着一群大风我跑向郊野
望见了城外迟暮的春天
春草无限
数辆马车杳无踪影
穿过原野的尘土路上
春天正滚滚远去

（原载"诗与画"微信公号 2022.3.30）

每个人都很孤单
渡小好

每个人都很孤单
城市没有尽头，家乡日渐空寂

变成名词的爱被常挂嘴边
从前，一封信、一张明信片
把内心狂热似火又难以启齿的情感
变成文字和涨红的脸

邮递员跋山涉水才送到对方眼前
像信一样的心，简简单单

好想带你回我的家乡看看

那里的一切更接近从前

想用最原始的方式把你重新爱一遍

（选自"早上好读首诗"微信公号 2022.3.9）

该有多好

朵　渔

这是心灵痉挛的时刻

这是魔鬼所附赠的礼物

在这需要重新缝合的世界上

所有可供食用的思想都发了霉

那蒸煮着的思想里

放着一颗溺死的头

噩梦也在边境上滋长

并没有一个爱的国度接纳你的流亡

写作这唯一的通行证也将在今夜失效

再没有比内心的罪过更纠缠不休的了

我发现选择不快乐是那么容易

比一篇小说的开头容易多了

无论走到哪里，都能找到不快

因为我随身携带着致命的重负：

自负于自我的傲慢，或者说

我总是不愿意俯身与人交谈

我没有让这个世界满意的能力

大概是我还不够爱这个世界

要是我能爱上这个人间该有多好

要是我能为这一座城的人们

写几首赞美诗该有多好

要是我的心灵能像一个黄昏后

亮起灯光的农舍该有多好

简朴，宁静，不再期待繁华的居处

所有的繁华里都有一个痛苦的邻居

而在这无助的精神气候里

你总是爱得最慷慨的人

你在我们身上分割黑夜与黎明

你像一道闪电劈开道路，自那伤口里

长出新鲜的生命

（原载《长江文艺》2022 年第 2 期）

自　我

非　亚

他拿手机拍灯光下自己的影子

那是大街上如影随形的

另一个自我

在寂静的，四面围合的群山

他观察夜空，浩瀚的宇宙，闪烁的群星

正连结成魔蝎、白羊，与金牛

明亮的北斗

无法命名的星光

其中的一颗

是沉思时间、生命、意义的自我

田野上的一阵风，秋天金黄的稻田

农夫们开始另一次收割

汗水落入泥土，蛙声变远

谷穗上的每一颗种子

是痛苦长时间凝结的自我

城市里的某一条街道，梧桐树、

桂花的香气在四周弥漫

围墙内的一个房子，安静的窗口

透出了灯光

窗后有人在阅读、写作、思考

星球在旋转，阳光会在早晨

再次到来。站在窗前

久久凝视外面花园里的那个人

是我的另一个自我

到了最后。

狗冲出门口。

猫迅速隐入灌木丛。

花悄然开放。

鱼池里的鱼沉入池底。

哦，那是无所不在的自我

（原载《山花》2022 年第 3 期）

游子吟

甫跃成

有人离家三年，他家里人是怎么过的？

有人离家十年，他家里人是怎么过的？

有人离家之后再无音信，他家里人是怎么过的？

有人死了，他年迈的父母、

他的妻子、他刚会说话的孩子，是怎么过的？

我比他们幸运得多。半年之后

我又返回了原先的生活。仿佛时间女神

格外眷顾，只为我一人，按下了暂停键，

让我一场大睡，居然逃掉了六个月的操劳。

妻子的头发长了一些，女儿高了半寸。

牙刷、毛巾、拖鞋、电脑，它们还在原地，

又似乎稍有移动。它们既像从前，又不像从前。

一以贯之里有着逐渐的变化。

熟悉又新鲜。半年之后我重新打量眼前的世界，

仿佛一个逝者，看见了他的身后事。

（原载"无限事"微信公号 2022.3.9）

布 谷

甫跃辉

布谷的叫声总是遥远。来自村里

说不清楚的哪棵开花的桃树，或背后山上

说不清楚的哪座坟头。坟头寂寂

桃花闹热，只隔着一声鸟啼

有人在布谷声里抬起头来

想起多年前的一句话，话音未落

又在眼前漫漶了。烟雨总是连绵

从前尘旧事，到眼前之人

只隔着一日的黄昏。黄昏里有人

从村外扛着锄头归来，布谷一声一声

落在草帽上。废弃的水井荡开几圈波纹

（原载《草堂》2022 年第 3 期）

塞上江南记

方石英

从江南来塞上江南

我在拗口的陈述中

完成时差转换

像孩子一样热衷美食

流连于海尔巴格茶餐厅

伊孜海迩冰淇淋店、域醉香疆食府……

我是一个酒量似乎见长的非边塞诗人

遇见阿凡提的胡子

遇见一些美丽的姑娘

我要像王洛宾一样赞美

她们毫无压力的青春

让时间走得更慢

在伊宁老城租一辆马车前往果园街

曾经的流放地已是人间乐园

远处的雪山和眼前的房产广告

一样醒目

傍晚我独自走在伊犁河畔

想象群马渡河

我一定是那匹游得最认真的慢马

（原载《诗刊》2022 年 3 月下半月刊）

亲　近

方健荣

当再次亲近沙粒

渺小的我，也就亲近了早晨的神

在沙漠与沙漠亲近的地方

一切都是看不见的

沙漠是历史最大的收藏家

时间也会长出皱纹

亲近骆驼和骆驼刺

亲近仙人掌和几朵祥云

亲近藏经洞和贝叶经

亲近菩提树和菩萨

当亲近了神在的早晨

飞天就在花雨里飘然坠落

她们的乳房饱满丰盈

她们再次飞翔

世界在沙漠和丝绸中

打开栅栏的花园

（原载《芒种》2022 年第 2 期）

河 岸

费 城

那么多年，我看到河水清浅
一块块卵石，被潮汐推向河岸
树木在开阔的河面投下暗影
那流水，一次次把我带回远方

那么多年，院前的花始终没有开
清晨浇水的妇人早已老去
她指缝里的时光，锈迹斑驳
我去看她，门环上正落着尘埃

那么多年，我渴望在心底呐喊
那些飞溅的时光，忽闪即逝
记忆在减弱，往事早已不堪负重
昏暗中，我听到远处钟声敲响

那么多年，我注视着一丛灌木
它在我的窗前改变着四季
伸展的枝丫把秋天抬得更高
直到绿荫低垂，越过我的木窗

那么多年，我一事无成
从回忆里转身，内心趋于宁静
河堤上，一个少年滚着铁环

正在奋力将一块石头扔回从前

（原载《江南诗》2022 年第 1 期）

己亥年暮春谒张九龄

冯　娜

明月生海上
陵水的天空等待的
一定还是张九龄的那一轮月

暮春，桐花落在岭南的肩膀
我走他走过的古道，望他望过的关隘
只有海，他不曾远渡的海
依然涌动着唐朝的波澜

椰林阴凉，我想起他的梅岭
一树树青梅正在结实
那湿润的土壤、竟夕的相思
仿佛眼前的海突然停顿

我看见的月，独自升上了陵水河的上游
人生的感遇，从他那里流经了一个省份
不堪盈手赠——
我像在海上逢着一个故人

却嗫嗫着，无法对他说出

这海、这明月、这天涯

这几百年中，少数的、熄灭又燃起的心！

（原载《广州文艺》2022 年第 1 期）

苦水谣

刚杰·索木东

天地犹如一个倒扣的漏斗

倾泻着中原大地的苦难

那么多的生命浸泡在洪水中

一寸一寸地等待死亡

或者生存

人类重回早已淡忘的风雨晦暝

仿佛一个罪孽深重的顿悟者

只能为罹难的人群

流下两行浊泪

多像一个虚伪无耻的悲悯者

依旧两手空空，无法抚平

大地上任何一道创口

走过街头的孩子，用一朵菊

挽救着整个世界

（原载"三晋诗人"微信公号 2022.3.13）

路漫漫

谷玲玲

城市如深山

没有一个可以交心的人

风裹挟着寒气，从一个楼道

追赶至另一个楼道

处处是出路。处处无路可走

电梯是立起来的路

下行时，有轻微的失重感

如果没有地心引力

人行走时会不会轻松一些?

路漫漫啊，每个人都是孤独的星球

宽阔的街道，盛放巨大的寂寥

烟霾弥漫，仿佛有古代侠客绝尘而去

用双臂抱紧自己

告诉我，该怎样绕过那些套路

走进你的内心

（原载"花雨诗苑"微信公号 2022.3.16）

家　书

顾　念

没有什么比这更好了

我们关上门，在房子里对坐

安静，有时也无端微笑

那些空洞的岁月

转瞬就成了过去。现在

我们没有说虚无的

爱你，爱我。我们分享

相向奔跑的个人世界，分享

同一颗糖果，或许

也分享了蔷薇花的长廊

她笑起来真好看啊。秋阳

轻轻地散落在她的头顶上

耀眼到洁白。这个被我称为

世界的女人，此刻

正与我对坐着，俯首

写着和我一样的温存

在这个大雨初歇的下午

风吹过树梢

我们都没有多说一些什么

（原载《诗潮》2022年第1期）

蝴蝶印信

管清志

村里的老人说：小峨眉山下

没有打不出水的天井

富人家水旺，穷人家的水最甜

播种完稻粟的人眼皮一直跳

他嘴里嘟囔着，随手

掐一小段麦秸

舔一舔，支住眼睑

一只只蝴蝶，逗逗飞

一朵朵花五彩纷呈

在薄薄夜色里

不动声色地开放着

——讲故事的人已经累了

父亲在暗处磨他的刀

粗粝的生活把他

都弄愚钝了，恍惚中

一道金属的光，一闪而过

一九七三年冬天，一个母亲

因为孩子均匀的呼吸

让惴惴不安的心

慢慢，慢慢放回原处

那些蝴蝶、那些花朵后来

都没有消失，它们和那道光一起

一闪一闪，艳丽的色彩

照亮了一些

深不见底的生活

（原载《青岛文学》2022 年第 1 期）

一　生

广　子

晨曦中，他写到晨曦

世界的裂缝越来越大

长夜里，他写到长夜

稍不留神就被孤独吓了一跳

恋爱时，他写到爱人

紧挨着心跳的地方是乳房

他无法区别对待

旅途上，他写到旅途

苍山悲白雪，慈水挽清颜

梦境，哦，只是在梦境

他不能写下

除了那只爱跳舞的蝴蝶

此刻，他写到此刻

春光溅到脸上

春光啊多么性感

（原载"诗与画"微信公号 2022.3.27）

羊　群

果玉忠

山脚的高速公路边

一群小羊羔排着队默默钻过涵洞

它们要去啃食路基上的稚嫩的酸角叶芽

它们缓缓穿过暗黑的长洞时

白雾未散，薄霜湿重

晨光也不能将它们彻底照亮

我站在山峦，看见

冬天正把自己缓缓铺开：

茅草晃动，脉络分明

微风淘洗着

蓬松又谨慎

像慈悲从未停止轻抚的手

（原载《星星》2022 年 3 月上旬刊）

唯有诗人还是堂吉诃德的子孙

海　城

多余的话

在每个时间，都如废铁

卡在我们的喉咙里

无法变成真正的语言

"诗人偏偏要作语言的炼金者！"

这多么富有雄心和虚妄啊

在这个世界上

唯有诗人还是堂吉诃德的子孙

激励我们保持

一直向上的幻想和对堕落的现实挥舞着大矛

（原载《鲁西诗人》2022 年第 1 期）

佛　光

海勒根那

天终于放晴了

蒙古包里的女主人

用供桌上的烛台，盛了一盏阳光

供给宗喀巴佛

穹顶上的天窗就亮了

随之，门外连绵的雪山和清晨也

一起亮了起来

但还有沉睡的雾霭

被吱吱呀呀的包门，费力地推开

推出一条通往羊圈，牛粪垛的小道

此时，女主人已从雪堆里

拽出一只只冻僵的羊

像白色的石头，堆成高高的山岗

当女主人将超度的经文默念到一百遍

脸上也有了短暂的晴朗

就像高过山岗的朝阳，为雪原

镀了一层青色的佛光

（原载《辽河》2022 年第 2 期）

夏至日的下午

韩文戈

夏至日下午，我和树木的影子又矮了许多

与身齐平的时间被风一层层卸掉

如果风继续刮，我将继续矮下去

而树木却继续生长，直到死亡的高度

树上隐形的钟表也越走越慢

秒针、分针、时针搅碎的时光粉末

塞满了钟表的玻璃房

直到它们像沙子把钟表堵死

从此天开始变短，夜开始变长

在这逐渐变短的下午，我在我的林子里

等一个从书里走出来的木匠

一个好木匠只需一个下午就够了

一个好木匠带来几个笨徒弟

木匠经过的树木被他挑选，做上标记

徒弟们扬起板斧开始砍伐

这个世界只有木匠和他的徒弟

他们看不到矮下去的我坐在新树墩上

这是一个木匠的下午

也是一群砍伐者的下午

木匠与徒弟将再次返回那本木浆纸的书中

森林再次回到寂静

崭新的钟表在年轮里走，风在树梢吹

（原载《草堂》2022 年第 3 期）

在细雨中写诗

黑　枣

这一生，我别无所长

只钟情于写诗

诗写得不好。不忧国忧民

也不勾魂夺魄

像一杯清茶，自斟自饮

偶尔请人品尝，好坏皆是人情

只是我再无良物

除了一粒干瘪的心脏

我长居小镇。在小镇的偏僻处

以卖文具谋生

兼营一些不切实际的想象

生意尚好。但想多了就累

我不喜欢跟人打交道

在日复一日的无聊里

我会跟一支铅笔或者一块橡皮说话

我一天天地老了

但万物多么年轻

时光淅沥，宛如细雨缠绵

我在细雨中写诗

在时光里蹉跎

我耽误了前半生

再辜负了后半生

像一场不合时宜的细雨

远不能成为江河

近不足以润物

从纸上走过，像踩过一片雷区

我绕过一棵棵笔画的草木

每一次迷路，我都以为是到达。

每一次迷途知返

我都认为是诗歌在召唤我

返老还童。我一天天地死去

再一天天地复活

在这个嘈乱的世界

像一个字，被不断地写错

不断地得到改正……

（原载《作品》2002 年第 1 期）

遣送站

侯　马

遣送站关着一个女人

她从兜里取出一张

小小的黑白照片

隔着铁栅栏对我说

上面那个人就是我

她丢失的孩子

我有点害怕

默默地离开

很多年我得意于

我识破了人贩子的计谋

直到今晚

走在呼市的新华大街上

我抬头望见月圆无比

突然觉得心头刺痛

也许她

真的丢了她的孩子

（原载"口语诗"微信公号 2022.3.29）

黎　明

胡　澄

从没见过这样的曙色

往后也没见过

母亲穿着大襟土布白衬衫

梳了辫子

母亲急急地将我唤醒

给我换上干净的衣服

"天快亮了，赶紧走"，母亲说

我们挑着担，去数公里外的集市卖梨

月亮静待空中，云色无声地变幻

透着一丝丝亮光

矮山，牛一样躺卧在田边

空气是多么的清凉

母亲的和气，应对着柔和的曙色

像是离开了生活的煎熬

我的心如脚上的布鞋被露水湿透

一棵恩施的梨树，长在庭园里

母亲小心地摘下它们

拿出其中一个，切成七片

每人一片

它的甜让我惊心，但未产生贪念

它那么庄严、神圣，被我们挑着

去集市换钱

（原载《江南诗》2022 年第 1 期）

过洮水

胡 弦

山向西倾，河道向东。

流水，带着风的节奏和呼吸。

当它掉头向北，断崖和冷杉一路追随。

什么才是最高的愿望？从碌曲到卓尼，牧羊人

怀抱着鞭子。一个莽汉手持铁锤，

从青石和花岗岩中捉拿火星。

在茶埠，闻钟声，看念经人安详地从街上走过，河水

在他袈裟的晃动中放慢了速度。

是的，流水奔一程，就会有一段新的生活。

河边，錾子下的老虎正弃恶从善，雕琢中的少女，

即将学习把人世拥抱。

而在山中，巨石无数，这些古老事物的遗体

傲慢而坚硬。

是的，流水一直在冲撞、摆脱，诞生。它的

每一次折曲，都是与暴力的邂逅。

粒粒细沙，在替庞大之物打磨着灵魂。

（原载"无限事"微信公号 2022.1:15）

接骨木

胡文彬

接骨木，接的最好的是她自己

她的根和茎，枝和叶一整棵

看不出有接过的痕迹

父亲用她接母亲的断裂的命

勉强接了半年

现在，父亲用它来接一个梦
在接骨木做的枕头上
他与母亲在梦里续接尘缘

每次的梦很短，都没有时间哭
父亲都是醒来之后
才想起哭，才有空哭
头上和脸上散发着接骨木的气息

（原载《当代人》2022 年第 2 期）

落日记

黄　浩

潍河滩的夕阳落下去的时候
发出了巨大的声响
它的身躯咯吱咯吱地响个不停
它颤颤巍巍的样子
吓坏了人间众多生灵
倦鸟在一刹那飞起来
许多人耳朵竖起来
仿佛末日来临，大地崩塌

一个酒鬼唱着忧伤的歌谣

他要到夕阳落下去的地方看看

是谁这么大胆，把落日弄得这么狼狈不堪

（原载《特区文学·诗》2022 年第 4 期）

钟　声

黄金明

这秋风中有萧索的铁链在勒紧橡树和栎树的脖颈

黄叶像铜钱在翻飞

这秋风中有无人哀悼的墓碑

耸立在悬崖。松树像刺猬

跟这步步紧逼的追兵针锋相对

野兔钻入茅草蓬松的巢穴

神色仓皇，这贫民窟积攒的财富再一次被榨取

湍急溪水抚慰着清贫的白色巨石

你止步于万仞绝壁之下

在山巅之上，苍穹上的光线颤抖如被乐手制伏的琴弦

一阵狂风犹如苍鹰扑击

这陡峭的山崖上有雷霆在树根上孕育

而暂时被树冠封锁

栗子树将黄铜

锤炼成了果实。钟声从深山某处传来

但你看不见钟

以及撞钟的人

也无法确定洪钟大吕藏匿于何处

（原载《草堂》2022年第2期）

甘蔗田禁区

霍俊明

总会有刺目的东西

比如长得过于漂亮的乡村女孩

已经疯掉了

比如当年

故乡唯一的一块甘蔗田

它位于乡村向小镇的过渡带

有几年

我经过时它们正在生长期

如同我也还在饥饿的成长中

最终

它们长成了

墨绿的阵阵如抖动的森林

经过那里的短短几分钟

空气瞬时变得甜稠

更多的

还是袭来的莫名的恐惧

唯一的甘蔗田

把守森严

一两只白额恶犬

随时都会从里面

嗥叫着冲出来

这弥漫盈溢的

甜味分子的禁区

我从来没有赶上

这些甘蔗被收割的时候

也没有看到

小镇的市集上

有它们横躺或竖立的身躯

我只记得

它们黑森森的一片在风中摇晃

躯干上有白色的斑斑印渍

偶尔

夹杂着不知名的鸟叫声

它们

应该尝过或衔着

村里和小镇人所不知的那种甜

（原载《福建文学》2022 年第 2 期）

《融合》版画　作者：邹晓萍

变成名词的爱被常挂嘴边

从前，一封信、一张明信片

把内心狂热似火又难以启齿的情感

恩　赐

吉　尔

在城边古宅
一束光，使我停了下来
忽然上升的是前所未有的肃穆和宁静

我像是闯入某种神圣，仿佛那逝去的神思还在
那被时间掏空的又回到时间
墙边太阳花，像是一直开在那里

我弹起石柱上的灰尘，它们曾
经过多少人，而斑驳的木门
又停着多少秋风和悲痛
那些灰砖，枯败的雕花，仅仅一个转身
错过了多少时空

这个下午，我为什么会来到这里
又是什么先于我到达，就像身体里
那些陌生的光

（原载《北方文学》2022 年第 1 期）

石 头

吉 尔

在昆仑山，那个坐在我对面的男人

一直吹着一把褐色的笛子

哀婉而苍凉

像是风附在山壁上，低声呜咽

他卷起笛子中的长风

线团一样收进包里

压低的帽檐下，他讲起民谣

孤独和酒精

火将他的脸和头发照成红色

他堆起尼玛堆，捧起一块白色的石头

放在额头，默念

他把它放在尼玛堆顶时

我忽然有些心动

就像我的灵魂在他的石头里

（原载《北方文学》2022 年第 1 期）

六月过后

江 非

照片里有夏日雨后初晴的湿气
万物被拧干的白毛巾轻轻擦过

你在门口整理着你的马
手中一把黑色的毛刷
顺着鬃毛向下滑去

你的头埋得低低的
脸几乎贴着七月的马背

妈妈还活着
傍晚的鸟野心勃勃
要飞过无尽的田地和黑夜

雨还要继续，父亲站着
晾衣绳上蓝色的袖子，被风轻轻卷着

（原载《椰城》2022 年第 1 期）

写给自己的一封信

靳晓静

在江河的入海口

回眸 我看得见

散落在长途上的自己

在路上 在尘土中

屋脊树影桥头铁轨都向后流走

命中的恩人们来过又离去 而今

在各处 我要找到你们

拥抱你们不同年龄段的身躯

你们已融入我的命运

像无数隐喻潜入诗行中

我看见 她二十一岁

宇宙的黑洞俯瞰着星云

仰瞰着她 坐在铁轨上

像一片树叶一棵草一样颤栗

在黑洞的呼啸声中 她后退

一直退进卫生间 闭门不出

再出来时 阳光像刀片散落

在通往三军医大的路上

石子在车轮下迸裂 大地滚烫

她走走停停 遥想着

像一只非洲大象一样消失在丛林中

古老的忧伤在这个星球上

无所不在 家族的伤痛

在代际间传递 她那样年轻

脸色苍白 活着又苦又咸

是她 代替我活了下来

让我在三十年后找到她时

满含热泪地说一声 谢谢

神要我们怜惜时光背后的人

于是给过去的自己写一封信

不止是心痛 不止是唏嘘

还要向深不可测的命运

鞠躬 致意

（原载"诗与画"微信公号 2022.1.30）

星期八

敬丹樱

周一到周五是工作的

周六周天是孩子的。属于自己的空间

是时光破绽里的树洞

调整情绪的时候

躲进去，谁也找不到。我能理解这种愿望

我也是把降书

早早交付命运的人

我也想获得拥有两条线索的幸运

其中一条作为虚线，边缘有着梦境毛茸茸的质地

仿佛两次人生

运行在星期八的那些弥足珍贵

日历上

永不显现

（原载《诗刊》2022 年 3 月下半月刊）

然后，我们都老了

康承佳

然后，我们都老了

一切有关岁月的消耗，都融在了身体里

顺应季节依次交出疾病、疼痛、衰老

以及有关孤独的表达方式

远山不远，怀抱孤绝的弧线

起伏中藏着生命完整流畅的阴影

潮水退去的两岸，你知道的

人间已是秋天，当然，我们也是枯黄的一枝

当冬天奔向雪山，先生，我必然在途中等你

老去的形态有很多种，不要怕

我们依旧拥有流水的清澈，以及水落石出的耐心

先生，当我们老了。我依旧爱你

像你爱我那样。我们依旧慢慢地走着，互为拐杖

从来不必从身体里掏出，关于严寒的供词

（原载"南美巨大的森林"微信公号 2022.2.14）

少年心

老　井

人生一世 草木一秋

地球不停地翻滚

万古长存的树木和泥土都被

埋在了负八百米深处

我们借助电力和机械的力量

将岁月的瓶口拧开

进入到其闷热的胸腔里

大地沉睡的心灵被钢钎敲醒

石门轰地洞开。乌金和瓦斯梦一般地涌现

从青春到白首，坐井观天的我

一直都在遥望，一直都坚信

自己被热汗打湿的目光在

穿透八百米厚的土石后

就可以带回两轮月亮

春天里煤壁释放出扑鼻的豆花香

夏天时淮河的怒涛会拍打在坚硬的岩体上

秋天里忙碌的矿车落叶般飞旋

冬天时轰鸣的移动变压器就是电力的太阳

远离庙堂之高，身处江湖之底

遍体沾满岁月的淤泥

擦汗的一瞬间，我把白头贴近了黑炭

一颗砰砰地跳动的少年心

在高耸的煤壁中得到了呼应

理想主义的光芒短暂地把

乌黑深邃的地心照亮

（原载《上海文学》2022 年第 1 期）

归去来

蓝　野

又是背井离乡的一年

六百公里后，我们看见燕山

横亘在天地之间

我曾多次登上它的山峰

张望过这条大路

自南向北，这条路穿透了

东西走向的燕山

它们在大地上交叉，在大地上

画了一个十字

燕山脚下，就是我们寄宿的异乡
再到年底，我们依然会背对着燕山离开
就像我们可以卸下
背负着的，沉重的时间

燕山下，人生的剧目
拉开了又一场的幕布
就像真的排练过
我们迈向舞台的步子
并不迟疑

（原载"诗叙事"微信公号 2022.2.20）

夜　游

雷平阳

在黑夜中的堤岸上
坐着。水声似从无限遥远的大型动物的骨骼间
传来，闷响，腥味浓稠。身边的藤蓬开细碎的花
像是大象的群雕上落了一层薄雪
香气没有向着我这边飘。树和竹林
形态可见但不是你认识的样子
我以为不会有人在此出现

就我一个，屁股下是一个树桩

而树桩仿佛，顿在了青蛙的背上，叫声喊魂

我可以在非常之境想些污水扬波和羡妒猜忌的揪心事。

可总有孤单的人影

不说话，静静地来到，也坐在

几米外的堤岸上，埋首于

风云图和水声，一动不动

有时，则是在荒野中长满

杂草的石渣路上夜游

朝着月亮的方向或夜鸟乍鸣的池塘

也会遇上一个黑影迎面

慢慢走近，不打招呼就擦肩而过

像某片黑云落在地上的灵魂

身上散发着呛人的烟草味。直到他

走远了，不见了，我才发现自己

怀揣着喊他一声的念头，与他

闲聊几句的愿望如此迫切

——只身在夜里遁入野外的人到底

有多少，没人能够统计。有人

一声不吭地坐在竹林中，如果你不从竹林穿过

就不会知道里面有人，而且被他吓了一跳

（原载"星星诗刊"微信公号 2022.3.13）

琴键一样的羊排

离 离

在草原上，看到的每一只羊

和它们的羊排一样让人心疼

草原上的夜晚，篝火点起来时

有人在跳锅庄舞，有人静静地等着

吃烤羊排，琴键一样的羊排

那人的刀子在上面轻轻划过

就发出了动人的乐声

让每一根草惊慌的声音响起来

白天来来回回还拿蹄子踩过它们的羊

夜里却像琴键一样

只是被敲了几下

就发着悲恸的音

（原载《草堂》2022 年第 3 期）

听一首歌

离 离

等电梯的时候，听一首歌

曲中人，悲欢离合

她反复唱给我听

电梯里，空空的只有我一个人

轻声跟着她

低唱。多么悲伤的爱情

一声一声被唱出来

多么悲伤的爱情，我也有过

（原载《草堂》2022 年第 3 期）

总有人带着露水归来

李　栋

很多时候，中年

像一条锁链

紧紧地缚着早春的黎明

那时没有灯

也没有划过天空的流星

可以赋予什么高深的隐喻

黑暗是一只器皿

庞大、坚固

在它养成之前

足以装得下闪电、雷霆

以及天地万物，和

一切试图逃跑的借口

而天总归会亮

总会有一个满头白发的人

放下离乱和仇恨

带着露水

从蘑菇一样的草垛阴影里

闪出来

（原载《草堂》2022 年第 1 期）

和费尔南多的谈话

李　庄

费尔南多，我热爱洛尔迦

热爱西班牙语的深歌

"船在海上，马在山中"

他弹着钢琴……他们让他消失

留下了他的诗歌

你知道吗费尔南多

在汉语中一个男人可以下跪

他愿意用一条腿走向他的钢琴

他们不同意，他们愿意他付出

更小的代价：两根小手指

于是，他疯了

这个戴眼镜的男人

每天去垃圾箱细心翻找

他的两根手指

一直到死

哦，费尔南多，别流泪

他们不像佛朗哥，他们

压根就不喜欢音乐

哦，不，费尔南多

他们不让他消失

让他活着，每天

用残缺的手

在垃圾箱里寻找

那种弹奏钢琴的感觉

对每一个倒垃圾的人说

"请先让我看看你的垃圾

可以吗？谢谢"

他们要让无声的音乐活在

每个人的内心

北风一样吹彻你的生命

费尔南多，你无法理解汉语

你怎么能弄明白

一个诗人前半生造桥，后来

又亲手炸掉。如今

我只在雨后的山间，海边

凝视天上出现的的彩虹

默默计算它

无与伦比的弧度和色彩

（原载"北京诗歌网"今日好诗 2022.1.26）

一个人在镜中

李 南

一个人在镜中，无法看到罪性
只能看到日渐衰败的脸。

一群麻雀并不因为田中的稻草人
而收敛起自己的坏脾气。

不要以为识字就有文化
不要小瞧灰烬携带的使命。

走进绵绵山脉，穿越茫茫沙漠
你会渐渐放下心中的刀斧。

乡道上高过人头的蜀葵落满灰尘
仍能开出红花和粉花。

非法的爱，得不到祝福
野草有时却可以成为珍稀药材。

死亡里都有一种恐怖的味道

没有谁会长久地迷恋。

在他人的泪水中，你感觉不到疼痛

只能找到逃生的出口。

落日也能发出强悍的光芒

黑夜同样会孕育闪电、诞下雷霆。

（原载《诗歌月刊》2022 年第 3 期）

致夏日午后

李轻松

雨之午后。蔷薇科的午后，带刺的午后，

有红白两色的裂纹在蔓延

而半截流水无知，黑木耳生长的

柞木之午后。有梦中人顺着花径走来

他面目不清，口齿缺失

暴露了我豁牙的午后

刺尖沾满了手，仙人掌的纹络里

一朵花垂下头，孕育了那些疼

而我要挑出那些刺却用了一生

兽群从山后消失，只剩一匹瘸腿狼王

身影孤悬在山崖之上

如同丧失童贞的夏日午后

瞬间蝴蝶成蛹，花期成霜

这恹恹水边，有小羊羔出生后站起

跌跌撞撞地行走。有咩咩的叫声

让遍地的山羊和绵羊都有应答……

（原载《草堂》2022 年第 2 期）

你好，陌生人

李小洛

你好，火车，车厢里疲惫的乘客

餐车里的苹果，打盹的乘客中间

一位旅行者的心

你好银河系

银河系里遨游的星星，大熊星座，

我的前半生和我的后半生

你好，水杉

水杉里的水，小王子和田螺姑娘

你好，草原上的马匹

牧羊人、青草、露珠

和露珠上摇摇晃晃的太阳

你好，阴雨天里高高垂下的大气压

我静坐过的椅子，板凳

卧室，客厅与书房

你好，陌生人

新年以前，我们还没见过面

如今我们见了

我们将一起去南山下

造房子，修池塘

采草莓和去海南

（原载《民族文汇》2022 年第 2 期）

无　题

李小洛

像急切的风暴

躺在大海上

像即将出海的船

微笑，如帆影

那里，月光汹涌

那里，海浪野蛮生长

纷繁的镜像中

所有的恋人都像此刻的我们

以陆地与海水为边界

穿梭在蔚蓝的码头

海湾，渔屋，九月末

在一切玻璃下亲吻和爱抚

寻找现实的装甲车

浪漫的乌托邦

当时针从左边转向右边

镜子里闪现迷人的火光

一个人走到池塘边

将手中畸形的盒子

安置在围栏上

我们整夜醒着

在旅行的问题里，相互追问，试探，甚至争吵

我们整夜醒着

在大雨滂沱中

亲吻，拥抱

黏在一起

像两块先苦后甜的糖

（原载《民族文汇》2022 年第 2 期）

黄葛古道遇雨

李元胜

石板路径直向上，仿佛长颈鹿优美的脖子
它骄傲的头，向上，再向上，唯有孤峰相望

多数时候，深陷于日常悲喜的我们
是否还有值得举上云端之物？

和我无数次互相丈量，现在如此沉默
像一棵终于扔掉枝叶的黄葛树

像我们，路过青春，再路过盛年
直到握着的闪电，冷却成一段金属

像我们，困于钢筋水泥，困于车水马龙
仍总不甘心地高举着什么

在二楼坐下来，煮水壶里
有一个遥远的宋朝人在低啸

此地茶盏很重，脚下有一座瓷山
此刻茶水略苦，手上有一个悬湖

唯有此地，唯有此刻
被我们举过眉间的群山现出真身

我们微笑，转而聊无关紧要的事情

似乎，没有茫茫烟雨，也没有一群白虎路过窗外

（原载"长江诗歌出版中心"微信公号 2022.3.28）

高原蝴蝶

李见心

那薄如绢丝的半透明白绢蝶

后翅上漾着两圈黑红的胎记

像睁着不死的姓名和眼睛

它们到高原上寻找什么？

像乞力马扎罗雪峰上的豹子

迷人的花纹谜一样动人

成为转动地球的魅力本身

这冰河时期的残留物种

却有着完整的美丽和秩序

雪线有多高，它们就飞多高

翅膀只惊起雪的尘埃

想象亿万年前

它们曾飞在恐龙身边

像装饰恐龙的珍珠耳环

比白垩纪更白

当看到一切巨大的都毁灭了

它们把小小的命运系在小小的翅膀上

最薄的翅膀有了比冰雪更硬的飞翔

高一点，再高一点，要高出尘世五千多米

才能拨动天堂的笨钟

非高山湖泊不饮，非绿绒蒿不食

这吃了豹子胆的最美昆虫

经幡一样正飞越唐古拉山口

豹子在山顶已经冻成雕像

而它们携带着远古的记忆和冰川

在夏夜的星空，扑面而来

（原载《诗潮》2022 年第 1 期）

傍晚的拉卜楞寺

李林芳

傍晚的拉卜楞寺

关闭了门户，半边入定

半边沉入黑夜

佛殿静寂，四野消声

初来乍到，我对静谧和庄严一无所知

远处的山峦影影绰绰，灯光斜铺在檐上

而白塔显现

转经筒转动了小小一角

我跟上人群，跟上藏族老阿妈沉静的衣角

绕白塔三圈，绕天地一环

绕山绕水，绕桑科草原

绕迎面而来的风声

绕缓慢前行的命运

绕高墙赤红，绕经幡洁白，绕草尖碧绿

一步一步，绕过转角

指尖触摸草原平缓的心跳——

钟声突兀，从阔大的寂静中来

回声辽远，到阔大的寂静中去……

（原载《北方文学》2022 年第 3 期）

在成都

李海洲

这无爱无恨的生活

这慵懒，这轻度的宋朝

人民在闲散的下游消磨意志

吐出自由和雨夜

吐出水流般的隐者

峨冠的人垂钓世事

垂钓遁世的轻裘肥马

可以回到天上去

可以让巨大的寂寞

在如鲫的音乐中守身如玉

来吧，这田园

这兄弟的桑麻

这消沉的李白告别了锦官城

世界是一枚枕头

抱着入睡

或者哭醒，或者笑醒

身后，中庸的成都落满了论语

庄子从梦中来

要和我天边对话

（原载"诗与画"微信公号 2022.3.19）

写在春天到来的时候

李点儿

我想哭

大声地哭

高一声，低一声，粗一声，细一声

一声接一声地哭

像母亲用旧的纺车

在深夜，持续发出迂回的嘘声

我想哭

在春天到来的时候

哭声不是一个人若干悲伤的宣泄

我想用这种方式，告诉世界

命运垂怜了一个女人和她曾经的苦难

让她一推开窗，便看到

紫荆花在开

（原载"李点儿"微信公号 2022.3.16）

焉支牧歌

梁积林

仿佛一块岩石

仿佛一块尘封的玉

必须有一声嘶鸣

才能打开一扇时间的门

必须沿一道镶满马蹄的古道

在词语的长河里寻找

落日的炉火啊。添柴加薪

再加上一句梵语的叮咛

天空里挂上一排大雁的编钟

必须经过多少的击节

才能把那首徜徜徉徉的古谣，铸造成

一曲疾风劲草的焉支牧歌

且侧耳，且听，且抚摸

且从那匹雪白的汗血宝马的身体里

牵出一场纷纷扬扬

离愁别绪的大雪

（原载《人民文学》2022 年第 3 期）

暮　晚

梁积林

他，总算，卸下了磨得发红的夕阳

把马拴到了桩上

一只狗猖猖兴奋。好像

那块月亮是它嘁回了天庭

她一直不停地搅着奶桶

嘎噔嘎噔嘎噔

把夜，搅成了灰黑

那奶桶究竟有多深

（原载《人民文学》2022 年第 3 期）

做木头

梁久明

显然，这些木头

不是一开始就在这里

是我从不同的地方一块一块

搬来的，至于用处

在搬它们时我茫然不知

相信会有某个时刻

仿佛天光一闪

照亮一块木头里深藏的什么

在刀斧温柔的抚摸下

它变成了一只鸟

有的变成了一条鱼，它们

都获得了自己活脱脱的身体

我每天都这样干着

搬木头，做木头

想不出做什么就那样看着

有些木头里深藏的东西

也许一辈子都不会被解救出来

我仍会拒绝将它做成

供人使用的家什

（原载《诗林》2022 年第 1 期）

回故乡

梁书正

熟人越来越多，打招呼的越来越多

快进村时，每一朵花每一根草都是亲人了

一只鸡朝我打鸣，一条狗朝我摇尾巴

一群小孩舅舅满满地喊

一朵白云飘来，在头顶稍微停顿了一下

我认出了阿爸，一个和玉米一样高的人

我认出了阿妈，一个背着夕阳归来的人

我认出了女儿，五彩风车在她手中转啊转

我认出了我的故乡，妻子抱着婴儿

果实挂满枝头

祝福每个人回到自己的故乡

祝福每个人放下行李

一手牵起河流，一手抱住群山

（原载《安徽文学》2022 年第 3 期）

白桦林

梁小兰

世间有没有一种想说话的树？

如果有，我认为就是白桦树

世间有没有一种洞察人世的树？

如果有，我认为就是白桦树

否则，它长那么多眼睛干什么？

那么多眼睛，大的、小的、笑的、哭的……

每一只都像隐藏着一段或悲或喜的往事

在白桦林，我不敢同一只眼睛对视

一只幽怨的眼睛，滴着泪

它有如何的悲伤呢？

一只暴睁的眼睛，含着怒

它又有如何的怨恨呢？

人世间的眼神差不多都陈列于此了

每一只都有不可测的深渊

一棵白桦有被折断的痕迹

有乌黑的眼睛

我抚摸它，感到它的孤独

我离开它，它用落叶表示叹息

我们时常讨论命运，一群树

它们的命运是什么？ 我想

它们最好的命运是站在这儿

最坏的命运也是站在这儿

（原载"名诗馆"微信公号 2022.3.15）

声　音

梁小兰

切菜的声音，煮水的声音

铲子和碗互相碰撞的声音

鹦鹉学舌的声音 雨水滴打海棠花的声音

两只苍蝇在空中厮打的声音 汽车打喇叭的声音

小狗汪汪叫的声音

小贩叫卖桃子的声音

摔跤的小童大哭的声音

喜鹊在树枝上喳喳叫的声音……

很多东西的声音尖锐、粗壮

很多东西的声音细弱、慵懒

很多东西的声音悦耳、性感

很多东西的声音纯净、清冷

而另有一些事物从来不发出声音

譬如云朵落到屋顶的声音

譬如阳光落到玻璃上的声音

再譬如灯开亮后，光一点一点扩散的声音

钟表拦截空气的声音

黑暗一点一点降临屋子的声音

倒影在河水里猛烈摆动的声音

从不发出声音的那些事物，往往是

温暖的、敦厚的、寂静而辽阔的

（原载"名诗馆"微信公号 2022.3.15）

葵花田

梁　梓

有谁和我一样，在八月的葵花田里

乐于承受一种神秘的眩晕

如同经历时间的沉淀，澄清的过程

甚至会相信此时的太阳

它不会继续西沉

我坐在垄台上，我想更安静地呼吸

可那些低头的绅士，不停地把闪烁的金粉

洒在我的头顶，痒痒的，像雨丝

我还是一动不动，仿佛弥撒已开始

仿佛已进行晚祷；仿佛再过一会儿

亲人们会陆续聚拢在我身边

（原载《猛犸象诗刊》2022 年总第 60 期）

他们将欲望藏在了哪儿

林　莽

齐白石将欲望藏在了哪儿？

他九十岁后笔法零落的牡丹图里　还是

当年爆裂的石榴或盛开的牵牛花中

徐悲鸿的呢？《愚公移山图》中有吗？

那不成比例的奔马中一定没有

罗丹用烛火照着年轻女模特的小腹

他指着灯光暗影中的曲线说

一个女人的美也许只有几个小时

郎世宁清宫御用的画笔不需要欲望

那生之源流对他不再重要

而怀素的效仿者们在张扬的线条中

让我们感到了某种生命的释放

在东方 大师们把真经隐在内心的深处

让许许多多的后来者一生都不得要领

（原载《人民文学》2022 年第 2 期）

向现代之狗扔了块石头

林　莽

什么是现代艺术

皮娜·鲍什说：我舞蹈，因为我悲伤

在德国她的剧场那么广阔

我见过她煤矸石山上的露天舞场

肢体的语言不再唯美

塞尚因沮丧而画下那些灰绿色的作品

梵高因想念而有了十几幅燃烧的向日葵

安迪·沃霍尔用波普完成了

对资本复制的控诉

只有先锋概念和娴熟的现代技巧

那也只是匠人的手艺

没有心的颤栗 没有了灵魂的波动

那只是向现代之狗扔了块石头

（原载《人民文学》2022 年第 2 期）

浑北人家

林　雪

那个坐在自家农舍大门外的女人啊
今天，我两次经过你

你家大门爬满豌豆荚。你一会儿在阴影里
一会儿在阳光下。你头发乌黑，美好
你母性地笑。你不会轻易忧郁
而我在有生之年，一直被忧郁困扰

一只黄色小狗蜷在你的脚边睡了
几只小鸡围绕你。你一边让
手儿择着芹菜，一边回头
对院里那个男人说话。那个男人
站在牛栏边，草帽遮住了他的脸

那个坐在自家农舍大门外的女人啊
守着自己的家。向着与家相反的方向
我还在路上奔走，用越来越虚弱的理由

那个坐在自家农舍大门外的女人啊
你房子上的烟囱升起了炊烟。灶台里的火
闪出一星火苗。大路上多了两个身影
那是你的两个孩子正走进家门

你年近四十，正是踏实为妻的年龄。你穿

一件白色 T 恤，印花短裤。你手脚厚大

你已没有身段。你不会怀疑生活

欺骗了你，你也不会怀疑自欺

那个坐在自家农舍大门外的女人啊

正招呼全家人吃饭。我走了许多路

我的胃从早晨一直空着

我的孩子们，寄放在不同的城市

他们从照片上望着我。他们的眼神

透着倔强和孤单。他们无力质疑自己的命运

那个坐在自家农舍大门外的女人啊

你那么明朗，你的门外

一个过路女人茫然若失，向你遥望

（原载"诗与画"微信公号 2022.2.13）

春风十二行

林　莉

一日春风不至，柴门轻扣，牛羊安宁

大地如一面古铜镜，朦胧而暧昧

二日春风小趋，枯木相逢，老枝发了新芽

雏鸟出壳，唤起桃红一点两点三点

三日春风趔趄，有日出南山，石缝中伸出茸茸苔藓
山腰藤箩已过盛，斫柴人不得俯下身去

四日春风荡漾，大雨急就，敲打屋顶
蝶儿倾巢而动，隐疾并发

五日春风妖娆，电光闪，荒原着了魔
是一片金黄，一片油绿

六日春风酩酊，山河倒置，英雄出关霸王别
人间的悲欢，且容我用千杯换此醉死梦生的一回

（原载"诗与画"微信公号 2022.2.11）

立　秋

林　珊

如果漫长的离别，只是为了
短暂的相逢

那么我们真的不必在天亮后的
人群中，相拥着告别

这样的一个夜晚，秋风拂面的夜晚
就让我们怀抱着鲜花

站在美丽的星空下
靠近一点，再靠近一点吧

（原载《江西日报》副刊 2022.03.05）

弧度术

林南浦

布谷鸟发出春雨来临的警报
田边的篁竹兀自静立，而年少的我
独自坐在田埂边，看着祖父和祖母
在田间协同劳作，祖父手握打钵器
插入泥堆，打出圆柱体的土坯
祖母，躬下身体，把紫色的棉籽
迅捷地放入土坯的凹槽。天空落下微雨
他们劳作的弧度和篁竹一样，随着雨势
增大而变得越发急促，豌豆花在雨中摇晃
油菜花也在原野中涌动，万物都遵守着
相应的秩序。后来，我的父母也继承了
祖父祖母的弧度术，他们不懂房贷的概念
和利率，一直在研究如何把一天拆成两天
去劳作，如何缩短抱上孙子的时间

我直到现在才明白，独坐就是作孽

我要起身了，在春天播种

开始劳作，开始摇晃

（原载《福建文学》2022 年第 1 期）

爱上的

林馥娜

节日把所爱送到你面前

像飞凤歇落山中

天地的怀抱中有拥我入枕的臂弯

将一茎清荷轻呵为珍宝

往事青涩，到眼前已是熟透

天色暗下来，意绪也随之苍茫

路上灯火次第亮起，又隐匿

一切在到来，又在远去

而时光的盒子中有我们

爱上的四合山色

（原载《作品》2022 年第 2 期）

《古村随想》（局部）版画1　作者：邹晓萍

又是背井离乡的一年
六百公里后，我们看见燕山
横亘在天地之间

雪没有下在这里

林长芯

雪没有下在这里，鸟重新聚在树梢
雪没有下在这里，空气中暗藏针尖

天色昏暗。事物在雨中的样子
我们都熟悉。但雪没有下在这里

他驾着车回来。你回到生活
一些细节在想象中发生

亲爱的，我每想你一次
就有一朵雪花，落向大地
但亲爱的，雪没有下在这里

（原载"一见之地"微信公号 2022.3.8）

雪落人间

林子曦

夜深了，巨大的寂静涌来
推开窗户
月光倾泻下来
微冷

如母亲鬓角的白

许多次，我惊讶于母亲的单薄
轻盈，又如此稠密
稠密，如她编织的毛衣花纹，在
记忆深处温暖，明亮

老旧的风，让灯光更加柔软
在这无声的夜
时间安详——
雪花落在枝干上
发出一声脆响

（原载《椰城》2022 年第 1 期）

马尾松

林宗龙

记得有一棵马尾松
高过三楼的窗户，我在卧室，
隔着玻璃，望着它的树冠，
被那平民的神秘所吸引：
在它的屋顶，那些更高的地方，
是不是住着
安排一切的造物主？

那时我五岁，没有玩具，

对一切陌生而好奇。

楼下，父亲的割草机

在轰轰作响。偶尔也会有

干净的鸟粪，从树上落下来。

母亲捡着地上的松果，

垒在围墙边上。这些金黄的梦，

好像并没有远去，

直到在我十三岁，

曾祖母过世的那个午后，

我捡起被一阵暴风吹落的鸟巢

发现那里空荡得什么都没有，

我第一次因我们的源头在哪而悲伤。

多年之后，在一次旅途的火车外

惊喜地从一排桉树辨认出一棵马尾松

当我再次凝视着它，

（我已结婚生子，

在不断靠近着那源头）

那些金黄的梦瞬间又明亮了起来，

曾祖母扛着云梯，

在擦拭童年那棵马尾松树冠上的星辰，

她希望能更亮些，

照到更多的心灵。

（原载"海岸线诗歌"微信公号 2022.3.1）

空空荡荡

刘　春

去年九月以后，你回老家的次数

比以前明显增多

但没有用了，你见不到父亲了

他躺在两公里外的盒子里

只有墙角的照片

证明他曾是这个屋子的主人。

当然他也可能晚上回来

像以前那样择菜，做饭，然后

斟半杯酒，心满意足地坐在餐桌旁

但是你看不见了。

每一次回去，你都会找理由

进他的房间，比如找棉签、指甲钳

或者看看有没有好吃的水果

实际上你什么都没有做

只是在里面发呆

去年天冷的时候，你习惯性地

打开他的衣柜，找被子

并且真的找到了一床。

平时你和母亲聊聊天，浇浇花草

草草吃饭，看一会儿电视

就上楼睡觉了。

父亲走后，你才发现

除了时常回家

这世上没有多少重要的事情

（原载《广州文艺》2022 年第 1 期）

怆然辞

刘　年

什么时候，骑摩托沿着玄奘法师走过的路，再走一遍
什么时候，沿着蒙古大军的路，再走一遍

于没有意思的世界上，寻找意思
于没有意义的生命里，寻找意义

什么时候，去人多处，将苏格拉底问过的人间，再问一遍
去雪多处，将屈原问过的天，再问一遍

（原载"行吟者刘年"微信公号 2022.1.25）

船　歌

刘　年

我的归宿，是条小船，水竹的篷子，水杉的橹
舱里没有信号，有个火炉，有些纸笔，有些书

船在白鹭歇处，船在烟雨收处，船在月亮出处

那里芦花无数，那里山重水复，那里无人呼渡

我是我的朋友，我是我的妻子，我是我的儿子

我是我的医生，我是我的护士，我是我的道士

赶了我就可以走，烦了我就可以走，病了我也可以走

小船也是木屋，小船也是棺材，小船也是坟墓

（原载"行吟者刘年"微信公号 2022.1.25）

这短暂的一生，恰如桃花在刀口

刘红娟

花都开了

不管是南方的

还是北方的

在一个空旷的日子里

看风吹过花蕊

看一些生命在尘世里走动

在一个悲伤的日子里

生死更为广阔

有时候竟分不清

自己是撑船人，还是

坐船人

我们往往

靠一棵树的褶皱判断年月

却无法辨别

自己是在哪一段命运的褶皱里

花事未尽

舍不得，在命运的河里打水漂

这短暂的一生

恰如桃花在刀口

（原载《星星》2022 年 3 月上旬刊）

在月亮岛看月亮

刘立云

来到月亮岛不能不看月亮岛的月亮

来到月亮岛我是被月亮岛的寂静

和寂静中遍地的月光

惊醒的。在月亮岛，我半夜爬起来看月亮

一时恍惚，不知是月亮走进

我的梦里，还是我走进月亮的梦里

小岛月华皎皎，巨大的湖面波光闪闪

远远近近像铺着耀眼的碎银

整座岛在碎银中漂浮，这让我怀疑月亮岛上的月亮

是月亮岛上的人用银子打造的

就像他们用银子打造渔船

打造孩子们的梦，也用银子打造出岛的路

当你把桨伸进水里

听得见哗啦哗啦，搅动银子的声音

在月亮岛看月亮，如果你偶尔低头

将看见水里也有一颗月亮

当然这不稀奇，稀奇的是你看见水里的这颗月亮

它摇头摆尾，就像月亮岛上的人

养在水缸里的一条鱼

一条会发光的鱼，会唱歌的鱼

他们用什么喂这条鱼呢?

我发现他们用三月的苇草，用莲藕来不及

打开的嫩叶，用颗粒饱满的芡实

把这条鱼喂得白白胖胖的

游都游不动了，每天只在淀里游个来回

淀叫白洋淀，就是古人叫它祖泽那个

就是永定河、滹沱河，还有瀑河

唐河、漕河、潴龙河

日日夜夜流啊流啊，流了几千年几万年

总也蓄不满那个。当淀里的水

慢慢，慢慢，把村庄围成孤岛

岛上的人胆大妄为，他们把路过的月亮

截下来养在水里，做他们的庞物

（原载《诗选刊》2022 年第 4 期）

不值一提

瑠　歌

许多次经历告诉我

当心中

怀着无法化解的悲伤时

写下的诗

会非常糟糕

尤其是

当你用高高在上的语言

去修饰

那种悲伤

是多么沉静

多么

具有诗意时

在层层伪装下

那个无法抑制地

去渴求他人理解的

可怜巴巴的

自我

就会更

可耻

地

显露出来

所以
今夜
我决定什么也不做
静静地
让这种感觉
留在心里
用一生去融化
不泄露
一滴可耻的悲伤

（原载"无限事"微信公号 2022.3.29）

鸟　鸣

龙　少

这几天清晨，总有一只鸟按时
在窗外发出"布谷布谷"的声音
这期间还有别的鸟叫声，清脆而纤细
似一场合奏。我仔细聆听着这些声响
像红草莓亲吻孩童的嘴唇
或者秋日，轻轻落地的橡果
母亲说，她儿时在老家的竹园里
也听过这样鲜活的叫声

"叫声里有竹叶的香气"。

我想象母亲在竹园时的情景

和她头顶飞翔的鸟儿

那些我不曾经历的美好

正将我带往一片向往之地

后来，叫声停了

我们静静地站着，像一片竹林

在等待它的鸟鸣。

（原载"一见之地"微信公号 2022.1.18）

重　复
龙　少

几个割草的人，和我隔着半片水域

他们站在水中央的浅滩处

弯腰，起身

抱着草垛走向岸边的三轮车

在我数蝌蚪或者静坐的时候

他们不停地重复这个动作

仿佛重复，才是合理的存在

四周，蝴蝶低飞

数不清的光线，任风推着慢慢跑

草还和往年一样，悄无声息地生长或枯萎

而我，在这午后的水域里

看见了自己，看见好多年的自己

有时是溪水，有时是草木。

（原载"一见之地"微信公号 2022.1.18）

我在老虎的身边写诗

卢　山

我在老虎的身边写诗

在它声如巨雷的咆哮和酣睡里

我写下一首首情诗

有时候要越过它锋锐的牙齿

摘取塔克拉玛干的一株红柳

我还偷偷地摸过它的胡须

拍打过它的屁股

头枕塔里木河，在它华丽

如星图的皮毛下入睡

有时候我要屏住呼吸

及时藏起我的笔

当它的眼睛里的深潭涌起巨浪

十万里戈壁漫过火红的舌头

我要拿来天山的冰雪

给它降温。在它巨大的阴影里

种下一棵苹果树

（原载"一见之地"微信公号 2022.2.16）

我说理想

陆　岸

庭院早已洒扫

油漆的木门吱嘎有声

远行的人该启程了

冬日那么好

乌桕树外的原野干净

又被几只麻雀的翅膀笼罩

我眼前的道路就这一条

那驾马车也只在梦境里出现过

我轻轻地说一声"驾"

从此我便是我自己的车夫

哪怕没有一个追随者同道

现在大风正起

一群云雁正翻过漆黑的树梢

我一定要奔赴到所有恶之花的尽头

半途有未来的霜雪

坠落的滚石又去而复返

怀抱理想是件多么忧伤的事

一根现实主义的长鞭总在鞭笞我

它在抽响

又总是抽在虚无

（原载"早上好读首诗"微信公号 2022.2.3）

有趣的眼睛

陆辉艳

早上拉开窗帘时，对面楼道的

一双眼睛，正透过镂空的

窗格子，朝我的书房观望

桌上散乱地堆放着书，拆封的

和未拆封的，畅销的和冷门的

深刻的和有趣的

谈不上对我有用或无用

但是对面楼的那双眼睛

让人走神了

第二天拉开窗帘

它们还在那扇窗格后

闪着明亮的光

好像在等待某种回应

第三天仍然如此

我有些不安，戴上眼镜

一种清晰的事实

擦拭着幻想的虚空和羞愧

那双眼睛，它们来自于

一张虚拟的漫画人物海报

清澈，深邃

比这世间的任何一双眼睛都有趣

（原载《扬子江诗刊》2022 年第 1 期）

雨天听一首萨克斯曲

陆支传

一些人在屋外敲我的窗户

我让他进来了，大雨的天气

我担心他会淋到雨

有些人在屋内敲我的窗户

我让他出去了，大雨的天气

我担心他会淋不到雨

（原载《诗歌月刊》2022 年第 1 期）

火山口

路 也

环形坑的上方，一朵白云
正对着锥形漏斗的圆心

直通地壳的脉管，在沉默中想着爆发
熔岩堆积成宽厚的边缘
我绕行一圈

青草长满了斜坡
小花在风中绽放，我是那样的软弱
但并不拒绝让命运每时每刻
都处在火山口上

今夜我就这黑色砾石堆上安营
满怀对天地的庄敬
脸庞映着满天繁星
心脏岩浆奔腾

巨大的炼丹炉，有没有力气醒来
亿万年其实就是现在
充满敌意的圆心

一场爆发覆盖另一场爆发
一场疼痛压过另一场疼痛

绝望是好的，荒凉直通迢遥的内心

大风呼呼吹过头顶

我说过了，我并不拒绝让命运每时每刻

都处在火山口上

（原载《诗刊》2022 年 1 月上半月刊）

草　原

路　也

只身来到草原，什么也没有带

从空旷到空旷

地平线爱我

弱小的人，在大地上总是失败

抬起头仰起脸来

白云爱我

所有没有去过的地方，都是故乡

草木也需要量体裁衣

风爱我

弄丢了爱情

只剩下独自一人，越来越孤零

大片野花初开，一朵一朵，全都爱我

（原载《诗刊》2022 年 1 月上半月刊）

午夜随想

路　亚

睡眠是水下
睁着眼一动不动的鱼

瞎眼的午夜
我穿过它，寻找一个合适的词
却被更多的词追索

风推着我滑向深谷
一大群孩子，并未发现我的到来
他们跳皮筋，斗蟋蟀
争吵，脸红，又勾肩搭背

不远处，漏风的屋子里
一个女孩正手执画笔，对着年画上的
花木兰，一笔一笔描摹

他们是如此心无旁骛
仿佛不知道明天会走得很远……

而今天的我，终于找到几个词：真快啊

从沸腾到冷却，就是一生

（原载《北京诗刊》2022 年第 2 期）

古镇老戏台

罗兴坤

戏台老旧，而时光里演绎的故事常新

新欢和旧爱，都喜欢穿大红大绿的古装

匹配这缓慢的光阴和情怀

清晨，阳光总会拉开生活的帷幕

千年溪流凌空舞动的水袖，捧红了

多少有情人

时光里的古榕老楸青枫，被布谷鸟唤醒

还有梦中沉睡的人

他们带着生活的梦想和愿望

戏台上，已被简化成几个了了的角色

戴上僵硬的面具

在古镇，旧时光演绎的爱那样勾魂

幽怨的唱腔，泣血的念白，在古老的小巷、照壁

和人们的心间，碰来碰去，余音不散

最后被一把眼泪收住

而欢宴送走别恨，新欢稀释旧怨

失散在旧时光的人和事，又在咚咚的鼓点里返回

衣袖里藏下伤口，油彩盖住泪痕

胯下的一截竹竿追不上远去的人

月光下，她的门扉虚掩，窗牖被遥望推开

有情人有几个成为眷属

——天井幽深，仿佛一个空怀，把琴声和叹息

紧紧抱住

活在古镇的人，仿佛一颗颗古老的星辰

一颗慈悲心涂抹着岁月斑驳的油彩

月亮是她们的脸谱，流水是时光的道具

一生的悲伤和欢欣，在落日的铜锣里戛然而止

（原载《北方诗歌》2022 年第 3 期）

被侮辱与被损害的诗

吕　达

现在它们只在梦中显现了

甜美的，紧张的，剧情起伏的

我确实渴望过去度另一种人生

粗鲁的，温柔的，进攻的，接纳的，英文的，日文的……

诗确实可以包罗万象无所不能

但诗人无法活过黎明

"啪嗒"一声，当电灯亮起

只要头发还在，眼镜还在，肉身还在

就必须做饭，刷锅，挤地铁

为成为一只尽职尽责的蝼蚁而奔跑

此时诗已完全死去

但它没有留下遗体

它喜欢不辞而别

像我深爱过的每一样人间事

（原载"方舟诗社"微信公号 2022.2.21）

春天呵，你看见我的心了吗

马　莉

春天，你的心在哪里

告诉我榆树怎样结出一串串绿钱儿

挂满枝头？铺天盖地的榆钱

为什么落满北方的院子，屋顶，田间

落满我们熟悉的日子，一年又一年

榆树怎样替我们找到死去亲人的地址

找到他们的衣衫口袋

替我们把钱装入逝者口袋

替我们怀念他们，让沉睡多年的面孔喜悦

替我们收藏他们的性别、年龄、性格、血缘

安抚他们不同的命运

这些长年的风，把榆钱吹起来，吹得高高

亲人们走了，朋友们也有走的

我们还站在原处

春天呵，你看见我的心了吗？

（原载"诗与画"微信公号 2022.3.5）

故乡·司南

马　累

霜降日，父亲除了开始

修整那些散架的稻草人，

就一直在摆弄那只老旧的司南。

他用自己配制的清洗液

将铜盘和铜勺擦拭得锃亮。

当它最终停止的时候，

仿佛指向南方的是一道光。

我在高处凝视黄河边

废弃经年的古渡口。

芦和荻在秋风中颔首，

它们如果不是为摇摆的灵魂致哀，

就是在传递某种更为隐秘的信息，

事关修为与修德。

父亲沉默着，

以我习惯的方式。

每个人的心灵深处都有瘀伤

和沉石般的困扰。

不具备的还有那么多，

想接受的又那么少。

如今我学着像父亲一样，

倾向于向内的修持。

即使抵不过岁月，抵不过

深夜凝结在窗棂上的一叶霜花的重量。

遍地夜霜，像绷带，

缠在灵魂上。

（原载《诗刊》2022 年 2 月上半月刊）

一只陌生的鸟

麦　豆

我确定那是一只陌生的鸟

正对着我喊话

一边逃离我的视线

沿着法桐高大的枝丫向上迅速爬行

人行道上落满枯枝和新鲜的绿叶

哦，台风刚刚离去

一只善良的鸟

正在向我描述那只摇晃整个世界的大手

（原载"长江诗歌出版中心" 2022.2.22）

对一只白鹭垂青

梅苔儿

这时候的池塘，显山露水

冬日放大了半径。你的目光

还是会被一些微细的事物带偏

譬如：风吹苇杆，雨打残荷

譬如：那只寒风中单腿站立的白鹭

三十年前，你惊喜地唤它大鸟

追着它跑过长长的塘基

此时，它却是沉思的但丁

——你和白鹭

依旧有相似的心意

接受了命运给予的动荡和安静

它赋形于你的诗歌中最干净的修辞

来自故土的独一匹配

并获得你一生的垂青

（原载《中国风》2022 年总第 17 期）

落在我身后很远的那个秋天

孟醒石

玉米秸秆全部倒下去的时候

终于看到了对面的月亮

那是一个落在我身后很远的秋天

我们砍完玉米，沿着

露珠里闪着昆虫眼睛的草径走过

风在田垄里起伏

在草叶多的地方踩不出脚印

走路的声音

被一片下降的叶子盖住

停下来

在一个月亮大小的水涡里洗手

父亲站在我身后，站得那么静

水里只映出他上衣的一角

他等我先洗完

（原载《鹿泉文苑》2022 年春季号）

大撒把

孟醒石

一辆快要散架的二八加重破自行车
与十六岁的我重新结合为一个整体
脊椎匍匐下去，成为自行车横梁
嘴巴张开充作铃铛
与课本无关的链条驱动朝阳和落日
与青春有关的齿轮在飞驰

以为扒着拖拉机就能超越自我
以为靠左脚触地就能在错误面前急刹车
尾随某个女生，在黑板上画出
两条没有交叉的抛物线
又被老师当作反面教材重点分析

在大撒把中平衡理想与现实的紧张关系
在倒栽葱里体验成绩与人生的混蛋逻辑
当时暗自庆幸
如今肠子都悔青了，上帝这个庸医
竟然早早地把我那截正常的阑尾

像气门芯一样拔去

（原载《鹿泉文苑》2022 年春季号）

半个世界的月亮

弥赛亚

半个月亮爬上来了
这是在喀什

因为时差关系
这里的孩子
平白多出了两个小时

就像多出了更广袤的黑夜
更深邃的悲欢

但地球自顾自地转着圈
一天不多不少，仍旧是一天

喀什噶尔的孩子
和所有的孩子一样
在时间的荒原上滚铁环

寸铁之心

总是被磁铁般的月亮吸引

（原载《诗歌月刊》2022 年第 1 期）

那晚的红月亮
——献给母亲

莫　言

那晚的一轮圆月

刚露出通红的脸

凄凉的秋风里

弥漫着苦涩的炊烟

我脚上生了一个毒疮

高烧不退，谵语胡言

她背我去求医

五里外，小河边

一双小脚，在泥路上蹒跚

我似乎听到爷爷奶奶

在低声交谈，嗨

这孩子大概不中用了

嗨，六岁的孩子不算个人

还有块柳木板

为他做个小棺吧

——爷爷是好木匠

盛名东北乡

我记着医生剖开那疮
脓血溅上她的衣衫
我大声哭喊，我记着
她汗流满面
因为无钱打针
开了白色药片
我记着那被淘汰的药之名
医生的大眼镜，我记着
掏出包钱的破手绢时
她的手在抖颤

我记着那晚的红月亮
我记着她的喘息与哭泣
我记着她脊背的汗湿与温暖
我记着秋虫鸣叫，河水呜咽
萤火虫在飞舞，我记着
她临终时的目光
那晚的月光真美
那晚的红月亮

（原载"莫言"微信公号 2022.4.4）

谍

莫卧儿

就像那种鸟儿

一生只能御风飞行

如果不慎落地，等待它的是顷刻间死亡

他们只能永远在天空

演绎别人的际遇

灯影闪烁的面具舞会，黑暗巷道，

危险的汽车追逐

每一个惊心的人生节点

都有那些忽隐忽现的身影

也会有生命中不能承受之轻吧

比如遇见了爱情

仿佛身体瞬间被洞穿，八面漏风

于是冒着被飓风卷走

被雷电摧毁成灰烬的危险

把命运交由对方掌控

或许有个别走运的

等到了最后着陆

但他们会不会在平静的日子里

忍不住仰望海水般深邃的天空

会不会在一个晴朗的日子突然追逐着风

展开双翅，飞回到天上

（原载《草堂》2022 年第 2 期）

回家的路还很长

慕　白

注定会和所有的人分手

我不再嘲笑那个刻舟求剑的人

谁的一生不是打水的竹篮

时光的风一天天吹在我身上

也没留下点什么

就像我每天早上起来

喝下一杯水，再吃早餐

其实是徒劳，谁都无法长生不老

如水中月，我的房子

盖在空中，盖在自己的梦里

下雨了会出太阳

天晴了又会打雷，会刮风

一个人就是一座庙宇

和尚念经，屠夫杀猪

各走各的路，各修各的浮屠

树绿着，太阳还在黑夜里

回家的路还很长

我可再搭一些积木

我和许多人一样，深爱这世间

不缺推着石头上山的勇气

总有一些东西比生命

更重要，比如正义、爱和善念

会在何时把我喊醒

（原载《星星诗刊》2022 年 2 月上旬刊）

纸　人

娜　夜

我用纸叠出我们

一个老了　另一个

也老了

什么都做不成了

当年　我们消耗了多少隐秘的激情

我用热气哈出一个庭院

用汪汪唤出一条小狗

用葵花唤出青豆

用一枚茶叶

唤出一片茶园

我用：喂　唤出你

比门前的喜鹊更心满意足

——在那遥远的地方

什么都做不成了

我们抽烟　喝茶　散步时亲吻——

额头上的皱纹

皱纹里的精神

当上帝认出了我们

它就把纸人还原成纸片

这样的叙述并不令人心碎

——我们商量过的：我会第二次发育　丰腴　遇见你

（原载"无限事"微信公号 2022.2.18）

对　饮

娜　夜

从黄昏一直到凌晨

那是一支什么曲子

我们慢慢地喝着

你豪迈时

我也痛快

用火柴点烟

风就吹得猛烈

也吹来黄葛树的花香

从黄昏到凌晨

都说了些什么？

我还哭了一会

还跳了舞

拍打空气

如手鼓

裙子旋出荷花

与此刻融为一体

又为下一刻脱出

鼓掌时

你一饮而尽

一支什么曲子

像我们做了　却没做好的一件事

天上星星一颗两颗千万颗

一只蜘蛛来了

我拱拱手：

来了

你一定是谁

我应该知道

但我喝多了酒

有些迷糊

想不起……

那是一支什么曲子啊

像一个人经过另一个人的一生

并未带来爱情……

（原载"无限事"微信公号 2022.2.18）

空栅栏

那 萨

说太阳城里没看到阳光

昨夜的平和，今夜的忿怒

带着自己的相，看不懂众生心

说肉身污秽，却用灵魂在吸吮它的无常

说前路难测，修一座桥，只通向一人

在深深浅浅的小巷，踏遍石板路

一再压低平稳的呼吸，结束言词

白色建筑符合所有逝去的过往

深夜囚禁的被深夜着色

假装轻松，尘世幽深

重复指向自己，一条

被心绪编织的空栅栏

（原载《帕域诗会》2022 年第 4 期）

芦 花

那 勺

她是我见过说话最少的妈妈

无数次她来到曹洼

我无数次看见她

扒开深草——

一块石头裸露在天空下。

石头下面埋着她的儿子

死亡治好他病了的爱情

百草枯把他带到了

冰冷的石头下。

风呼呼地吹

见过的人说石头圆了

见过的人说石头在长①，而她

并不作声，一个人在曹洼时自己说。

无所谓旧年与新年是烟花在半空中开放

是一个妈妈低着头从雪地里回来

世界又轻又白，全都是芦花。

（原载"送信的人走了"微信公号 2022.2.10）

在落雨的春天的小镇

南蛮玉

一整天坐在阅读灯下

---

① 借鉴顾城诗句。

翻看一本古代文学史

入了春的雨似是没有休止的

雨的韵脚是整齐的

雨的针脚是缓慢的

隔壁人家的少女

翻来覆去唱那一首

池塘边的榕树

雨是榕树飘飘的气根吧

雨下得夜晚也有些冷了

我在为我心爱的人织一件

纯毛的线衫　那生长毛线的羊儿

一定是又白又温驯的

我阳台上的蕙兰

今夜或许会开第二朵了

（原载"诗与画"微信公号 2022.2.27）

一组旧照片（节选）

牛庆国

1

一条很旧的旧河

一个不算很旧的旧人

水在拐弯处回头看了一眼

看我在河边拍了一张照片

岸 可以叫做崖

水 可以叫做汤

人 可以叫做游子

而河滩上的青草 可以叫做时间

3

重点是那条山路

其实更像一条河

一个人逆流而上

一个村子的记忆就顺流而下

当然还有风

此刻 风只朝着一个人吹

仿佛要吹掉附加在他身上的所有

看他像不像一个赤子

5

午饭时间 炕桌上空着

脱鞋上炕 炕是凉的

屋里的人都去了哪里呢

难道他们不知道我今天回来

把围着这张炕桌吃过饭的人 挨个念叨一遍

窗户里照进来的阳光

就把桌子又抹了一遍

6

站在上房的屋檐下合影

我们空出中间的两个位置

也空出大哥身边的位置

没有人提醒我们靠拢一点

那就照吧

不在的人 其实早就来了

只是他们等不到我们 又走了

那就照吧 风已替他们站在了我们中间

当我们离开时 听见风还在院子里忙着

11

这是杏儿岔的全景——

阳光照亮空旷

清风吹向寂静

推开往事的大门

所有的亲人都在

（原载"奔流新闻"网络平台 2022.1.15）

夏　天

庞　培

树林起风

天多么凉快

夏天正沿着小巷飘走

此刻正是上午

蝉鸣声有一点，但很远

很远的地方似乎有围墙挡着

围墙底下是小辰光

是我遥远的花园一般模糊的童年

童年已像被拆的老屋般蝉蜕净尽

徒留废墟上的闪亮门窗

一扇露出铰链的门窗

一条已流尽最后一滴水的河流

夏天只留下了聆听

县城只留下了徒劳而无望的弄堂

行人肩头只留下了风雨

我闻着树上有一点夏天被风吹走的

阴凉

平原起伏不定

无论如何，起风的树林多么像

一个人在风中飘扬的头发

人静静地站立

街道静静地消逝

（原载《诗刊》2022 年 1 月上半月刊）

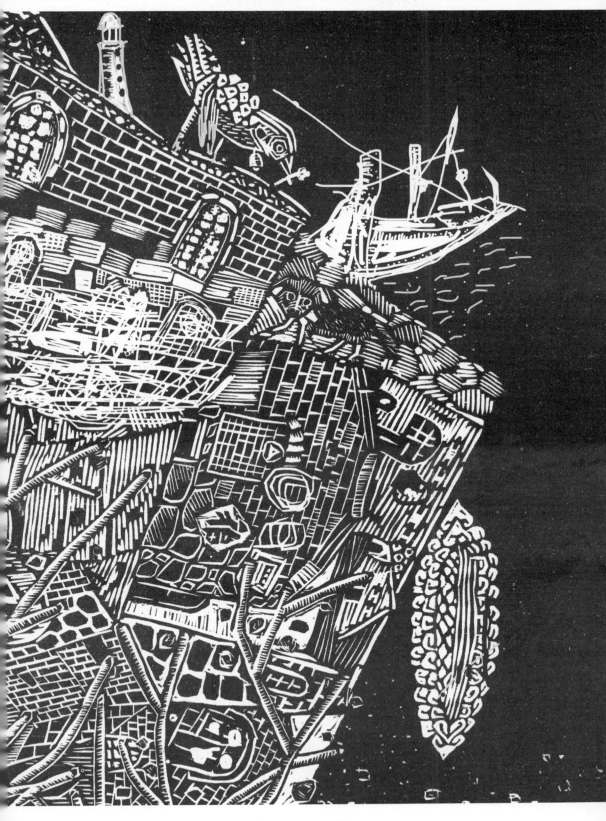

《古村随想》（局部）版画 2　作者：邹晓萍

就像那种鸟儿

一生只能御风飞行

如果不慎落地，等待它的是顷刻间死亡

现在说说我的写作理念或理想

潘洗尘

深夜老友明政发来语音

说读你的诗

感觉就像是你从自己的身上

抽出一根肋骨

磨成针再蘸着无名指的血

写出来的

这些诗

如果烧成灰

死去的人都会看到

其实老友只说对了一半

他说的不是我的诗

只是替我说出了

我的写作理念

或理想

（原载"Lost Stars"微信公号 2022.1.5）

早　市

秦　坤

一头牛倒在自己的血泊中

杀牛的人，剥开黄色的牛皮

像撕开一块完整的

热气腾腾的耕地

一群鸽子，囚于笼中

仍不忘扇动翅膀。那些飞翔的欲望

连同铁笼里的一小片天空

被人当街叫卖

一群兔子，背负比平时更多的惊悸

在水泥地面刨土，试着掘出一处

比人群更加安全的坟墓

这是清晨的早市

人们忙于为那些卑微而廉价的

恐慌、疼痛和鲜血讨价还价

全然忘了，早市上

我们都是一群怀揣刀斧的人

在不动声色的行走中，杀戮着

世上多出来的大地、青草和天空

（原载"李点儿"微信公号 2022.3.18）

宽 恕

秦 坤

一夜暴雨清洗了天空

阳光从高墙上洒下来

洁净，温暖，带着慈悲

这是新年后的第一个星期天

休息日，院坝里一排排光秃秃的脑袋

坐在电视机前，窥视着从前的生活

流行歌星、小品演员、时代狂欢的泡沫

清晨的空气亲和，舒缓

一只猫在假寐，蜷缩在高墙上的鸟鸣声中

那歌声居高临下，来自狱外

自由国度的天空和树枝

聋子和精神病人，试图抓住

阳光中飘浮的尘埃

这金光闪闪的黄金，仿佛唾手可得

地上还有积水，阳光

赐予它们耀眼而圣洁的反光

某个瞬间，我真的放下了内心的警觉

对峙、成见和律法，忽略他们

毒犯、强奸犯、杀妻弑父者的标签和身份

这样想的时候，高墙上倾泻下来一缕阳光

那阳光有如神的恩赐

短暂地抚慰并宽恕了他们

（原载"李点儿"微信公号 2022.3.18）

为自己选择一条低处的路

伽　蓝

荆棘。荒草。蜿蜒的溪水
在岩石间。黄昏，一步一步
从山谷向半山，向松冠上雀跃的早晨

光，像被忘记的衣裳
挂在滴水的树枝上
寂静擦亮了鸟鸣。

我慢。我是一个古代人，拒绝现代性
拒绝它所有的理由。
也拒绝驾御。

一座山矗立在这儿。许多年前
许多年后。我在它身上，在它旁边
走自己的路。蛇在地上爬行

鱼在溪流明灭，野兽在密林中
击打着胸膛里的寂寞
我干活，偶尔抬头看看倾斜的天空

（原载《草堂》2022 年第 1 期）

玫 瑰

秋若尘

我即将走上的这条道路，并不被他人所见

梅花只对我开放

杨柳只对我露出妩媚之姿

这一天

仿佛所有的时间都归我所有，仿佛

他们都爱我

仿佛我的一生，于此时刚刚开始，我是婴儿

所以我轻易原谅了过去的无知和愚蠢

所有错的

在这里都反了过来

我也是反的，正倒立，头下是崭新的镜子

我看到你们摩肩擦踵

来回穿梭

顶着副不谙世事的面孔

哦，玫瑰——

当我爱她，她就从人间消失

（原载"天天诗历"微信公号 2022.2.18）

时间颂

任 白

时间救了我们——

它删繁就简的天赋

流水一样优美的减法

盗走我们无法解开的绳结

带走血液里没有燃尽的脂肪

和被我们辜负的爱人

是不断清空的夜晚

才给了我们清晨

是为了唤醒饥饿

才让我们少一顿晚餐

直到最后，它带走我们本身

让大地泪流满面

让山川捧出新人

（原载《诗歌月刊》2022 年第 2 期）

在崇武看海

荣 荣

这奔走的潮汐、缓慢的落日和

无边无垠的劲风。

这终将落入整个海湾的星辰。

这恣意泛滥的蔚蓝。

此刻，它们全是这个大海温暖的

充填物。如此辽阔的怀抱。

如果我上前，如果我想，

她一定也能抱抱我——

因渺小而起的惶恐和

沧桑外衣里的千疮百孔。

（原载《福建文学》2022 年第 3 期）

善　良

撒玛尔罕

善良是什么？

它就是依附在心灵的某种细胞

它浩瀚，比大海壮阔

它壮阔，比草原寂静

它寂静，比翅膀轻盈

善良是与生俱来的某棵树

它需要血液的浇灌，它枝繁叶茂

当炙热、寒冷、悲痛和苦难来临

它就把阴凉的手，温暖的目光

触之生光的爱抚伸过来

众神的祷词因此而铺天盖地

犹如滋润之雨，洁净之雪，或者风之手

人间如此美好！

善良是什么？它不是光明

不是无处不在的空气

它照耀世界，它呼吸生命

或许它的诞生悲壮而疼痛

或许它穿着华丽、伪装和丑恶的衣裳

外形丑陋或者表皮粗糙

但它居于人类，凶禽猛兽的胸腔之中

流淌在血管里

它永恒，不朽，它永恒不朽

始终践行着与神祇的某种契约

（原载"西部诗选刊"微信公号 2022 年第 3 期）

岁　月

沙　戈

那些抒情的诗句

已羞于书写

那些慨叹、感怀，睹物思人

让我变得麻木、僵硬

曾经激起我的，又将我打垮
我的脑海装进了太多混沌
高尚的，低浅的
清澈澄明的，污浊不堪的

远离自己
远离当初的透亮，无知
和理想主义
究竟哪个是我
哪个是这个世界交给我的最后的果实

其实，始终迫使人闪躲的
只有一个词
我们将它称之为——岁月

（原载《朔方》2022 年第 2 期）

运河公园

商　震

因为这条人工河
才修建了这座公园
我坐在长椅上看运河

看这条河的终点
也就是"水穷处"

今天无风
水面是一块舞台幕布
我和太阳都在水面上静穆
一些云从水面上飘过
太阳纹丝不动
我也纹丝不动

一只麻雀扑闪着翅膀
从水面飞过
翅膀上的每一根羽毛
都为了自由
只可惜羽毛要长在肉身上
麻雀飞不远
落到岸边的树上

我起身走到树下看麻雀
听麻雀叽叽喳喳
模仿人群的嘈杂
叽叽喳喳是生活的主体
静穆是偶尔的偷情

我坐过的长椅空了

太阳依然泡在运河里

（原载《诗潮》2022 年第 3 期）

绝壁上的豹子

邵纯生

俯仰之间，我预先嗅到了雪的寒意
冷空气口含开刃的刀片
像一条蛇，咝咝地吐出舌头

我喜欢深陷于这样一种困苦之境
喜欢雪铺天盖地围堵上来——
山路塌陷，所有树木一夜白头

经历过春风浩荡，夏日悠长
天空高抬起来的秋光也是白花花的
足够晃瞎一个人的眼

散失的日子仿佛是雷同的某一天
而我更喜欢从这一天中析出
个性鲜明的春、夏、秋、冬

喜欢一场大雪像闸门失灵的快车
掠过昏灰的云天和枯黄的落叶
一直冲向深不可知的峡谷——

身临险地，一头挂在绝壁上的豹子

呼吸着稀薄而野性的空气

（原载"中国诗歌"微信公号 2022"头条诗人"栏目）

我曾经有过晚年

沈　方

我下了车横穿这条街

一个人去菜市场

走在斑马线上，车辆停下来等我

而我只是一个人走过斑马线

没有停下来看着自己

一步步走到街对面

这家菜市场我们来得很少

我全神贯注往里走

她病了，我不知道买些什么

只想起买几斤矮脚青菜

还有不是丝瓜又像丝瓜的什么瓜

我不喜欢，她爱吃

并不热衷怀旧

经过卤味店

我的鼻子闻到了几十年前的香味

豆腐干和油氽花生的味道

这个瞬间我感觉到我曾经有过晚年

弯腰背着竹筐行走在田野上

虽然我已是我不再是的那些事情

我不是我的感觉

不是信仰中生长的万物

不是值得为之哭泣的感情

但我的感觉袭击了我

我仿佛已经平静地度过一生

甘愿交出我的感觉

和听觉、嗅觉、味觉、触觉

只留下视觉

看着我一个人徘徊

（原载《诗潮》2022 年第 2 期）

我和你

沈 苇

你歌咏之处，我有一把焦头琴

你呼号之处，我像病虎低声咆哮

你沉思之处，我做过美梦

和噩梦

你静坐之处，我身披袈裟

你行走之处，我看见极地异类

你翱翔之处，我长出秃鹫翅膀

你偃卧之处，我已在泥里腐烂……

我们的肉身从未相遇、互嵌

我们在虚位上频频干杯

随身携带的语言和死亡

兄弟般紧紧拥抱！

（原载"民间短诗"微信公号 2022.3.24）

以死之名

沈 苇

一些人死于突然的心碎

一些人死于对死亡的漫长等待

（从黑白照片：旧村、老巷尽头

转过来，因哀伤而扭曲的脸……）

更多的人，来不及围炉、倾吐

就像路过的、折翅而坠落的哑雀

在茫茫雪野无声无息地死去

以死之名，葬于空旷和洁净

仿佛死亡，已被此生错过

（原载"民间短诗"微信公号 2022.3.24）

在山中

沈浩波

车上的五个人

都陷入了沉默

谁都不知道他会

将车开到哪里

什么时候停下

刚才我们

已经有过争论

三点的时候就有人说

我们可能走错了

但他淡定地说

放心吧，没错

四点时吵得更加激烈

但他的双手

坚定地握着方向盘

令我们的争吵

变得毫无意义

现在已经五点了

天色向晚

浓密的树荫

令盘旋的山路

变得更加昏暗

我们四个都已经知道

他开错了

我们也知道

他知道自己开错了

并且他肯定也知道

我们知道他开错了

没有人再说话

车上一片安静

汽车如同无人驾驶般

继续前行

（原载"口语诗"微信公号 2022.1.17）

给未出生的孩子的第一首诗

宋晓杰

不知道你是我的孙子，还是孙女

但我知道：借由你，我的孩儿

我将成功晋级为宋奶奶

人类生命科学中较高级的职称

与诗人的冠冕，等同

我小声说话，蹑足前行

欢天喜地，贪生怕死

对陌生的孩子微笑，揉揉他们的头

素不相识的孕妇，我也多看几眼

我停下来，让他们先走

——为未来让路，我退到幕后

如果需要，我再一个箭步冲到前头

我原谅自己：每天无所事事，专注地等待

那些"不可饶恕"的错误，一笔勾销

一笔勾销吧，牛年也不钻"牛角尖儿"

静候秋风飒飒，金黄的田野

晃得我眼花，天空蓝得像一场美梦

我肯定会大笑，也可能痛哭

缺氧，难免头重脚轻

这个秋天，只等这枚沉甸甸的果实压舱

早已准备好托举的双手——我是上等水手

古铜的臂膀，岸——哦，我就是岸

……即使在湍急的洪流中

也要准备好：慈祥

（原载《鸭绿江》2022 年第 3 期）

玻璃人

宋心海

这个世界什么都昂贵

我不敢随便伸手

有一次在头等舱休息室

抓紧酸奶的手

突然被一道阴影拂过

闪电般缩了回去

——我怀疑

那盒子是金子银子做的

我的还没褪去茧子的手，出着汗，紧张地

在我的身体上

从一处挪到另一处

不知道放在哪儿好

甚至开始痉挛、僵硬

仿佛是玻璃做的

一不小心就会炸裂

我陷在沙发里不敢动

眼睛仿佛也成了玻璃做的

就要炸裂

我感到悲伤，悲伤也成了玻璃的

呼出的气也成了玻璃的

我感到窒息

身体仿佛也成了玻璃的，就要炸裂

（原载《川江诗刊》2022 年 2 月）

纯 净

孙殿英

滤除多少烟霾和喧嚣

才能看到远方

才能找到那条芳草的小路

沿途采集多少花香

才能酿成一颗喷香的露珠

积攒多少颗露珠

才能洗掉满身的尘土

映出久违的轻盈

走多少道路，拐多少弯儿

才能见到那所低矮的小学校

退回多少岁月

才能回到那个少年

回到风清天蓝的那个季节

是啊，还有一个地方

一直深藏心底

一打开，就会让我这个

已经变得坚硬的人开始柔软

（原载《鲁西诗人》2022 年第 1 期）

情 话

孙苜苜

总出自他人之口。隔壁
一对夫妻在我的想象中
仅通过流水一样的交谈
就变得高大、恩爱和立体

响在九、十点钟的剁馅声还说明
夜晚离烟火很近，一箪食一瓢饮
足以慰风尘

一对镶瓷砖的夫妇
男的机关枪一样的嗓音
在妻子面前变成匍匐的小河

河水知道，它流过的地方
树长出叶子，它反复流过的地方
叶子旁结出果实

（原载《天津诗人》2022 年春之卷）

栗 子

孙苜苜

在七八十度的陡坡上

成熟的毛栗子

不时落下来，从坡上一直

跑到垄沟或坡底

新鲜的栗子，鲜亮鲜亮的

从裂口的带刺的栗苞中滚落

每捡起一枚栗子或栗苞

都由衷欣喜

每捡起一枚跑得很远的栗子

都很艰辛，甚至隐含危险

但总有一些跑到视线之外

把自己整个藏了起来

像某个人

（原载《飞天》2022 年第 3 期）

傍晚时分

孙晓杰

我在傍晚时写下

"我的两鬓无意中变成两匹白马"

我停了下来

仿佛它是一堵墙

不。它不包含

坚硬和阻塞之物

我审视它

"我的两鬓无意中变成两匹白马"

有那么一刻，我望向

窗外，天色

已近靛蓝，星光闪烁

"我的两鬓无意中变成两匹白马"

这样一个诗句

包含了童年和暮年

回忆和忧伤……

它迫使我停了下来

像两匹白马的驭手

在微响的晚风中沉睡

（原载《草堂》2022 年第 1 期）

看云是我喜欢的事物

唐丽妮

两条绯红的鲸鱼，游过厂房的上空

一个恋人洁白的裙裾

横跨五个车间

直到她纤细的腰肢折倒在她绅士的怀中

云下，归家的蓝衣工人

脚步疲惫

他们不习惯亲吻妻子

习惯爆粗口，有时也把目光

轻轻落在小女孩粉色的发夹上

如果云很沉默，我会盼望下雨

雨滴将把一切沉默打碎

我想告诉你，直到只剩下一颗老牙

我还要趴在窗口看云

看那些逃往天空的事物

（原载《广西文学》2022 年第 3 期）

黄鹤楼

田　禾

黄鹤楼耸立在蛇山之巅

于白云苍茫的水天浮起

像一只扑腾着翅膀的黄鹤

做一个凌空欲飞的姿势

它是一座楼的身体

但有一只鹤的心脏

有一首诗歌的灵魂

呼吸着一条大江

用翅膀小心地护着一座城市

登楼，骑鹤直上，脚底

生风，楼顶上停着白云

楼一层一层地上升

黄鹤正飞在归来的路上

低处的长江烟波浩渺

风的梳子梳着流水

编钟在第三层敲响

历史在这里留下了回声

登楼，我索性留一层不登

我始终坚信，总有最上一层

人永远不可攀登

（原载《诗探索》微信公号 2022 年"一月诗会"）

这一天正是我经历的

田　暖

清晨的音乐是一阵阵鸟鸣

敲醒昨夜无可奈何的人

窸窸窣窣的钥匙声

仿佛正把"危"旋转成"机"

推开门，就是打开光的通道

飘过眼前的光，仿佛鸟羽

插在我身上，如同随遇而安的翅膀

抬头仰望时，眼前正有鸟群飞过

俯首看去，脚下的一只蚂蚁

终于跳出困住它的水珠

这一天正是我经历的，我们

天生都是不幸的终结者，幸福的开拓者

（原载《山东文学》2022 年第 2 期）

割草人

田晓隐

旷野无声，割草人攥着光阴

割了一遍又一遍

去往故居的路边草

他想回去，回到虚构的家乡

尽管他一事无成，且背负一生的错误

想到故居，故居后山的祖坟

他的孤独与众不同

镰刀在他的眼睛里反光

那晚，他在他的故居枯坐一夜

磨损的铜烟袋锅闪闪发亮

磨损的镰刀口，切割光阴谣

旷野无声，咳嗽声回荡旷野

年纪越大，越感到害怕

他觉得情况起了变化

哪怕是回声也得忍让，况且是念念不忘

他准备去祖坟前拜一拜，趁着夜色

像个蹑手蹑脚的小偷

若干年后，他死于一种自我收割

墓碑是一截木块，雕刻着：查无此人。

（原载《诗林》2022 年第 1 期）

小 年

王 妃

她在小阳台上剁鸡

一小块骨头崩起来划伤了左手背

家人在沉睡，整座城市还在沉睡

她在沉睡的世界一隅剁鸡

生活需要仪式感。要煲出一锅鲜美的

鸡汤，她顾不上对着伤口喊疼

接下来，她还要奔赴菜市场
买新鲜的鳜鱼、豆腐、芫荽和油冬青

她素面朝天，是买菜路上脚步匆匆
容颜迟暮的女人中的一个

途中她也有过短暂的停留
瓦片上的青苔正顶着可爱的孢子

（原载《诗歌月刊》2022 年第 3 期）

别　后

王　晖

我爱驯鹿
它不仅仅是只驯鹿
不过碰巧长成了鹿的模样

我爱小狗
它只是碰巧成了一只狗

我爱天空
它只是更高了，更蓝了

我爱大地

它让天空、驯鹿、小狗和你

与我相遇

我爱从未见过

又仿佛

在哪里见过的你

我们一定见过面

只是我们都忘记了久远的过去

（原载《人民文学》2022 年第 1 期）

七　夕

王　晖

那一晚

我把花坛里的小石子

码到月光下

让它们排列成天空的星座

我的这些小石子

多像一群下凡的小星星

一群沾着泥土的小星星

占据了夜晚的寂静

此时，大地就是天空

它胜过以往所有的天空

我的天空很小

我的地盘也很小、很温柔

它们熟知我的羞怯

用小小的羞怯将我牢牢地守护着

我的沾着泥土的小星星

不愿做天上的钻石

它们在凡间的另一种寂静里

给我带回遥远的星光

不知为什么

传说中的良宵

我忘记了头顶的天空和星辰

只有泥地上的小星星

缓缓地在大地上旋转

（原载《人民文学》2022年第1期）

霜　降

王小玲

前行一步，就是立冬。

枝上花瓣走失，树上挂满金子。

枫叶止不住霜白。坐看深秋的人，越看越凉。

一阵秋风。一阵落叶。一阵人间。

遇着。爱了。散了。

这一世，谁是谁的永远？

只有桂花闲闲地落，那些小小的含香的疼，暗合我此刻的心事。

我的生命，低过落在地上的花瓣；

这最后的轻。这终其一生的姿态。

散开发辫，我打开了身上的最后一个结，任长发飞。

"爱不可重建　但美的所求凝聚

结为秋山之巅五彩斑斓的火焰"。

面对这火焰，我的心，一寸一寸地暖。

那些火焰，终将褪去。

我愿坐在五彩斑斓的火焰里深情地白。

（原载"文狐网"2022.3.19）

塔里木河

王兴程

流沙颤动，琴弦起伏

歌唱的人闭上眼睛，把头抬向天空

他在呓语里植入自己的苍茫

将声带上的风沙拂去

把声音压低，拖长

他开始把一条大河牵入梦境

这个下午，阳光干燥

我们穿越了沙漠，站在桥上

看见它洗净了沙子

流进了一个干渴的喉咙

像是多年前的一幕，在南疆的天空下

离乡的人在一根弦的低音上徘徊

不回忆过去，不重复苦难

你只需要接上另一个人的应唱

我曾告诉过你，心怀伤痛者

寻找的不只是泪水

这个下午，我还想告诉你

不用回到故乡，走过塔里木河

你就能找到那个可以相依为命的人

（原载《朔方》2022 年第 2 期）

扫雪的人

王志国

她把自己的腰身放得很低

挥出去的扫帚，不像是清扫

倒像是在轻轻安慰

大地上这些无家可归的孩子

白茫茫的道路上

扫雪的人，红色的羽绒服

像一团火在燃烧

她迟缓的动作，是跳动的火焰

一炷香的时间，她就把一条在白雪里走丢的道路

缓缓地领回了家

她相信每一条路上都有神灵往来

每一种苦难都对应着慈悲

无法言说的悲苦，是她身体里隐藏的旧疾

时刻噬咬着她的心

她说，青烟是众神向上的阶梯

落下的泪水，才是一个人身后点亮的灯

（原载《山西文学》2022 年第 1 期）

幸　福

王子俊

整整一天，我们在云南开割油菜。那些闪亮的
油菜籽，足够铺满麂子岗。
阳光多么好，山冈驮住宁静，我细心地找着。
金黄的油菜籽，小冰雹般
啪啪地在荚里打响。突然间，所有人
不再心慌毛躁……有那么一瞬，我几乎可以确定
美好的事物，
就保持在麂子岗，这巨大的仓廪。

看远点，火车企图从半山腰钻出。不错的
鱼在山脚下的河流等待渔网。
藏在半空的苍鹭一声不吭。
如果……我说：哪怕只剩半口气，
我也绝不拖泥带水，立马会把这老天赐予的糖，含进嘴里。

写：这麂子岗上巧克力般事物
这随口说的昼夜不歇，
这乌托邦般仓促的迷魂药，
像我这一生抡起的榔箍，正发出新鲜的当啷声。

（原载"中国诗歌网" 2022.2.9）

两个人

微雨含烟

一起走在江边。风很大
穿透我们的棉衣，双桥裸着铁骨
像平行的两个人，直奔大江那边而去

远远的，落日染红的一角，像盛大婚礼的开场
石头们不语，被铁链子束缚
不用出逃，不用奔跑

宁愿是这样吧：
一块是你，一块是我
喋喋不休的江水，替我们说尽
这一年的悲苦。只有你懂我，石头——

到了不可言说的关口，石头。

（原载《福建文学》2022 年第 2 期）

书　页

乌鸦丁

说银杏树黄了
不如说银杏树在深冬里，燃烧着自己。

黄金铸就的书页

有我们无法猜测的神秘。

当我们接近一棵树

刺眼的光芒，来自一整座庙宇的轰响。

（原载《草堂》2022年第3期）

大雨将至

吴乙一

天空忽明忽暗。我依旧行走在

幽静的环山公路

仿佛要独自将悲伤带到更开阔的地方

我相信，黑暗中一直有陌生人

陪伴着我

有时，他在我前面

有时，他会放慢速度，回到我身后

并用低沉的咳嗽一再提醒我——

注意避让闪电

注意闪电中突然浮现的脸庞

（原载"中诗网"2022.2.22）

另一棵树

吴玉垒

再过几天，就是五十岁的人了
再过几天，这棵见证他第一声啼哭的树
就碍着城市的眼了
真快啊，俗世滔滔而爱恨不绝
他也终于学会些什么，做了另一棵树

在一夜比一夜更深的眺望中
五十个春秋恰如一个虚无
因充满传奇而不可言说
又仿佛一张白纸，墨迹干犹未干
一次不能自拔的沉陷，继续着
向上和向上的企及、凋残

黑夜的大脚，有时会踩痛白日的尾巴
当他从它们的争吵中回过神来，天空
似乎又高了一截。不日之后
就要跨入五十岁门槛，这棵一直守护他的树
也将不再守护他了

它将被连根拔起，成为另一个地方的
另一道风景。如果某一天你恰好路过
请一定转告它，瀑书山下安耳河畔
还有一棵树，在夜夜守候着它的归鸟、落叶

星辰和微微的寒凉，守候着一个

不复存在的家园，幸福而孤单

（原载"网络经典诗歌"微信公号 2022 年"一月榜"）

晚　景

夕　夏

桌上牛奶冒着热气

父母已经睡去，他们去了楼顶

满天繁星坠落在身边

仿佛他们的冬天还未到来

草药煮了三次，咳嗽和失眠未见好转

这样的傍晚，我制作着鱼骨模型

大海无限宽容，鱼只是生活的一种

我们过多的未知，比如百年之后

比如下半生，你我是否和父母的爱情般美好

晚景，我不曾预料知晓

命运有蝉翼一样的翅膀

我的晚景，良人相伴

黑色一点点弥合森林

我向一棵雷电劈断的榕树致敬

（原载《天津文学》2022 年第 2 期）

致

西 卢

如果能穿越回去
我还会奔赴到那片田野的尽头
看着远远的绿皮车
缓缓地
从清晨的薄雾中一点点出现，直至消失

我的身后
布谷旋过低空
植物刚刚葱茏
春天在湿漉的光里布施春天

如果那时想念一个远方的人
就赶那列火车
停了一站又一站
花很久很久很久的时间，找到她

（原载《飞天》2022 年第 2 期）

告　别

夏 午

那是 1999 年的夏天。

洪水刚从小镇上退出去不久。她骑着

一辆借来的自行车，披着朝阳，

沿着坑坑洼洼的石子路

往家里赶。

一会儿上坡，一会儿下坡。

人生的巅峰与谷底，有时会同时显现。

而那时候她还太年轻，并未发现这一点。

也不懂得：

越往后的人生，越少意外。

那一天，风和日丽。

成群的灰喜鹊一如既往，

聚集在村口的白桦树上，快活地跳着

细碎的舞步。

马路上尘土飞扬，没有任何迹象显示

祖父刚刚离开人世。

（原载《诗刊》2022 年 1 月上半月刊）

朝圣者

小　米

我想用脚和身体走到布达拉。

不计下雨下雪，不看春花秋花。

这条路，我可能走一年，

也有可能走一生。

如果愿意跟着我，

就带上我的儿子、孙子、女人和母亲。

我是天底下最慢的那个人，

像一只丈量树枝的毛毛虫。

让路过我的汽车，超过我，丢下我，

让扬起来的灰尘遮蔽我，漏掉我。

每一步我都吻一下尘土。

每一步，我也吻着只属于我自己的路。

累了就在路边支一顶帐篷，住一夜。

我和我的城堡小得像蜗牛。

我会捡几块干牛粪，

用背着的铝锅，在路边煮饭吃烧水喝。

到了夜里，

星星为我点灯，风给我拉忧郁的琴。

第二天黎明，我又背着家，

继续测量又慢又远的旅程。

如果走不到布达拉，
就让所有人都把我忘了吧。

如果我到了布达拉，也没什么，
我会坦然回到山沟里的从前的家。

（原载《星星·诗歌原创》2022年第3期）

早 春

小 西

你所质问的
并不总是有回答。
远远看去
山上开的可能是早樱
也可能是紫叶李
仅凭颜色的判断
容易对一只飞鸟产生误会。

众多衣角保持着沉默。
被大风掀起的也许是伤疤
也许是海水难以淹没的情绪
礁石站在浪尖上

等着人们再次抛出鱼钩

有鱼不断地浮出

有鱼迅速地沉潜

好比我们的写作，笔尖顺从了这些

就等于拒绝了那些

（原载《扬子江诗刊》2022 年第 2 期）

橙　子

小　西

橙子本身是个容器

汁液甜美，虽满却不溢。

如果同样悬于危崖

它比一列火车从容。

所以她讲了几种打开橙子的方法

我都没有在意

无非是让伤害看起来更体面

吃相更优雅一点

但这与橙子有何干？

我坐在那里翻看一本画册

迷上了画家乔治·莱斯利·亨特的几幅静物

有果实，盘子和花卉。但没有刀叉。

并用了舒服的色彩来进行描述。

不错，他给予了沉默的事物

最基本的一种尊重

（原载《扬子江诗刊》2022 年第 2 期）

今天，就像平常的每一天一样

小雪人

莫兰迪，穿过博洛尼亚小镇的午后

教堂的钟，刚好摆过两点。

整个上午，他在画布上涂几只瓶子

有时装满彩色涂料

有时是空的

——几乎是他一生的主角

他在瓷质的瓶口，画过花开的静止

比昨天，他又删减了……

阳光穿过画室的窗口，灰画布上投下顷刻间的影子

——有时是木头，有时是雪

（原载"中国作家网"2022.2.11）

傍晚时分

小　野

太阳走到三老汉梁的时候

我们会想到一个

轻松愉快的词：傍晚时分

在地里劳作的人

解开套在牛身上的枷担子

开始收拾农具

女人拿起事先准备好的背篼

赶紧去薅两把猪草

男人把牛牵到水草肥美处

让它悠闲地地吃草饮水

自己则找个高一点的地方坐下来

点上一支烟

一边看落日熔金

一边看自己的女人

（原载《华西都市报》2022.1.26）

《山中的空地》（局部）版画1　作者：邹晓萍

我爱从未见过

又仿佛

在哪里见过的你

立 春

小点子

推窗而见的湖，是用油彩画的

在高楼与高楼之间

我注视一个牵着气球的的老人

气球很红很大

就像落日，让风软了下来

春雪崩于枝头，惊扰了飞鸟

扑翅的声音很好听

飞翔的弧线让我陷入了幻想

我没有偏离生活的方向

可我羞愧于我的贫乏：

中年了，还不能拿出

一束像样的光芒，去照亮谁。

（原载《德州晚报》2022年第十届女子诗会特辑）

傍晚敲门的人

晓 岸

看不清楚他的表情。天光变幻的一瞬

他走过这寂静的小巷。

四月刚刚落满丁香花丛

来往的人群迅速消失

街道的尽头燃烧的条形云渐渐暗下来。

小镇陷入安静之中。

没有人认识他

从哪里来

到哪里去

是乞讨还是寻访

就像古代的游侠，在傍晚时分

孤独地走在石板街道上。

他从小镇西边走到东边

在河水变得响亮的时候停止了寻找。

小镇上空的炊烟开始恍惚

空气里弥漫着悠远而温暖的气息。

黑夜即将覆盖大地

他顺着河流的方向继续走着

不停地举手敲击着河流的上空

在一个拐弯的地方停下，突然消失不见……

（原载《陕北文学》2022 年第 1 期）

贮冬粮的小妇人

谢　虹

我必须换副面孔，先于风雪

把树干里藏匿的泉水引出来

扎紧篱笆，用软心肠唤醒红豆、绿豆、小芸豆

在小戏台上做法，把散落在大地上的

大葱、萝卜、白菜领回家

现在我可以坐拥书城

袖底生风，从北方踱到南方

用甜糯的小嗓道一声：

看！云敛晴空，冰轮乍涌，好一派清秋光景！

此时，我身体里的万物开始填词作赋

百草千蔬额头有风月脸上有桃花

它们顺着屋檐爬进我的厨房

这该死的快乐多么突然啊，

我尘世的心，漾起了满足的泪水

（原载《大河诗歌》2022 年第 1 期）

我不能把悲伤移开

辛　夷

我不能把悲伤驱赶到角落

它昨日还蹒跚学步

今日已亭亭玉立

我坐在一棵古榕的对面

秋天递来纷纷落叶

玻璃和母语已同时衰老

我不能把自己像货物一样

从郊外运至名利场，我拥有

尖锐的哭泣，足以令爱的天平失衡

我把一位父亲安排为不谙世事的儿子

他拨弄野草，斜阳在身后燃烧

晚风吹动满大街陌生事物

我不能把悲伤从生活移开

它在我手上长出了荆棘

（原载《天津诗人》2022 年春之卷）

老　屋
熊　芳

有了新的，旧的就不在视线里了

老屋已经卖了

不卖也不会去看了

曾以为它的分量无可比拟

那些房梁木板、钢筋水泥

都是父母的盛年和我的年少不羁

搬了新家才知道

它已开始苍老

也去看过几回，觉得自己

从来没有如此这般的正视过它

门缝间透出的细风惊颤着我

凝望中，泪光里的忧伤

竟让我无言以对，那种

作为身外人的视角让我羞愧

（原载"新诗选刊"微信公号 2022.3.14）

选 择

熊 芳

二十刚出头的样子

娇嫩得，如她面前

一摊还带着露水的鲜果蔬菜

我选了几个红得耀眼的西红柿

递给她称重

她的动作娴熟

腰间还绑着一个几个月的孩子

我付过钱，慢慢走远

回头时，见她已解开衬衣

在给孩子喂奶

乳汁有多甜，生活就有多苦

但就是那口甜，支撑着

生活所有的心甘情愿

本可以花枝招展恣意绽放的年华

她选择了菜市场的杂乱和喧嚣

为了怀抱里花朵中的花苞

她甘愿选择枯萎

（原载"新诗选刊"微信公号 2022.3.14）

它的花期很短

熊 曼

一生中的某些时刻

我会站到那棵树下

喏，就是那棵正在开花的桂树

它的花朵密密匝匝的

看得出来

它在加速透支着自己

它的花期很短

应该值得被谁珍惜

每天我从树下经过

有时会停下脚步

嗅嗅它的香气

有时我在树下吃一只苹果

平时五分钟能吃完

这时需要十分钟

更早以前我在树下接听电话

听筒里的声音

带着远方的晴朗和吱吱的电流

进入我的耳膜

让我的脸颊有点发烫

我的影子在身后甩来甩去

像一条芬芳而无奈的尾巴

（原载《诗歌月刊》2022 年第 2 期）

蝴蝶标本

秀　水

是落在我胸口的那一只

是翅翼张开

落下再也没有飞走的那一只

是定格，尘封于一卷旧书

让我偶然翻开缤纷起舞的青春

如蝶粉迷了眼睛

老泪纵横的那一只

（原载《时代文学》2022 年第 1 期）

阿尔茨海默

秀　枝

阿尔茨海默，对于一个生疏的词
它似乎有着起伏的韵律，玄妙的光晕
掩盖了它深深的忧郁和感伤

"我把自己弄丢了"，有人这样描述
他总是遗忘，挣扎于记忆断裂的岩层
他陷入回忆之中，一片无边无际的大海
波涛载着他沉下去，又浮上来……

阿尔茨海默，它让我热泪盈眶
那位将自己的儿子视作陌生人的母亲
她手心里的温暖不知该如何安放
她终日不安，黑夜往往骤然降临
成群的蝙蝠扇动着翅膀涌向她
或者天色突然大亮，白花花的阳光令她措手不及

那些被阿尔茨海默命名的人
已经游离了现实，在火热的生活之外

他们胆怯、迟疑、焦虑、暴躁，或如初生的婴孩

眼神纯净，面容安祥

而阿尔茨海默，不应该令人类绝望

愿它能够仁慈一些，带走人类的嚣张和分裂

愿它只令人遗忘，这尘世里的污浊、邪恶和仇恨……

（原载《作家》2022 年第 3 期）

她和他

徐　晓

她坐在落地窗前读卡佛的诗

爬山虎顺着墙头探过碧绿的枝叶

一小块阴影落在她的手背上

卡佛写给他第二任妻子苔丝的诗句

击中了她——

伟大的诗人从不吝惜说爱

她有些隐隐地羡慕那个女人

隔壁房间里传来低沉的民谣声

她知道他的心情不错

一整个下午，他们分别

沉浸在各自的世界里

桌子上那杯温热的普洱茶

是他泡好送过来的

楼下那条缓缓踱步的黄狗

是他养大的

腿上摊开的这本《我们所有人》

是他最近翻阅过并做了标记的

今天她所有的喜悦

都来自于他

还有一点点伤感

来自她自己

（原载"诗与画"微信公号 2022.2.7）

伟大的日子

徐　晓

为了昨日照耀过我的太阳

我必须饶恕你

为了在雨水中湿透的发肤

我必须永远铭记你

为了看似无比正确的错误

我必须对谬论守口如瓶

为了确证你的存在

我必须乘上绿皮火车去一座陌生的城市

为了不在旅途中一次次醒来

我必须在梦中长久地哭泣

在一个伟大的日子里

我将像整个世界一样迎向你、充满你

为了这迟迟没有到来的相遇

（原载"卓尔书店"微信公号 2022.3.22）

夏　至

徐玉娟

白日漫长

足够我借时间之光

认识一只白鹭

当它沿着清溪河，一步一步地

向东行走。它是对的

一只鸟暂时收拢了翅膀

放弃了天空

来到水边，一定另有深意

当我从嘈杂的人群中

抽身而出

看到白鹭洁白的身影

缓缓地与流水同行，我似乎嗅到了一缕荷香

一只白鹭落在水面已然是一朵青莲

黑夜短暂

但足以让我从容做自己的梦

水花疯长，唯有长涨长消

才有资格做白鹭的故乡

我也一样，我把一片湛蓝的天空

当成了心空

我的爱像白鹭凌空

足够我飞翔一生

（原载《飞天》2022 年第 1 期）

幼儿园

徐　源

透过办公室的窗子，我看见

天使在幼儿园飞来飞去

翅膀透明，涂抹阳光

他们的脸蛋是盛开的向日葵

有梦和善良的巫师。

一只塑胶梅花鹿舞蹈

它的森林，在雪白的墙上

打开的木门

里面漏出棉花糖和星星。

滑滑车旁的天鹅，驮着调皮的清晨

在天空游走，微风还在操场上寻找

躲在影子身后的音乐

一只蝈蝈的鸣叫，被时间

放在了旗杆脚。

草地啊绿色的公主，裙裾上

游戏开花，游戏是草莓

闪着诱人的光。

透过办公室窗子，这群鸟

红色、白色、蓝色、紫色

我看到内心隐藏的绚丽与温暖

我看到，世界——

天真、单纯，还没在放学的铃声中

变得慌乱

（原载《山花》2022 年第 2 期）

梯田，或花园

薛　菲

它就是田野

埋入泪水和汗水的田野

在高原上的故乡

女人若受了夫家的气

背竹编的背篓

进入层层叠叠的梯田

干活时默默哭诉

青稞青，油菜黄，万物生长

它们是不说闲话的知己

长满甘青铁线莲的故乡

田野里母亲挥洒汗水

从窈窕少女走向银发老妇

直到梯田的褶皱

打开一条深深的裂缝

收入肉身和灵魂

是啊，天堂就是

母亲出入的地方

拥有五种色彩以上的花园

（原载《诗歌月刊》2022 年第 3 期）

变形的钟

薛依依

达利的金属钟，像水银

从一个梦，滑向另一个梦

我家的钟摆在晃，它没有指针

却把我变成陌生的另一个人

（原载《四川文学》2022 年第 2 期）

烤鞋器

哑　石

成都今年冷得快，已下好几场雪雨。

除气候外，其他抽象或隐晦的

领域，也是这么个情形——

湿气，被体内电泵一丝丝抽压成霜粒，

敷在鱼形瞳眸上，或者，喷射出来，

积聚成鞋底水淋淋的印迹——

假如你穿着鞋，像模像样地赶路的话。

"雾锁住的铁里有脱臼的声音。"

我想有个烤鞋器。用某种陨石

和一些怎么看都不起眼的小物件制成，

或者截取某团星云的光晕、脾气，

像从树芯截取苦胆的一丝碧绿。

我，用它烤鞋，烤潮湿的骨架，

烤无论怎么晒也晒不干爽的琐碎物事。

（原载哑石诗集《日落之前》，北岳文艺出版社 2022 年 1 月第一版）

醒 来

烟 驿

你走时门开着，桃花开着
你没带钥匙，也没带行李
花轿、马车、男女童子都是油光纸扎的
你为别人扎了一辈子，最后我们也给你扎了一套

你走后再没回来
大雪夜我想你会不会冷，桃花开了
离墓地不远，还在水湾边上
你站在麦地中间往北望可以看见
大柳树还在，村庄已经搬迁

小时候最开心的事就是去姥姥家
四十里，一个人走过漫长的五龙河崖
每次去都怕天黑，怕下雨
梦里都是走着走着天就黑了

每一次做梦都茫然站在杏树下
像一个失去糖果的孩子
梦很沉，但是有你就不愿意醒

（原载"烟驿"微信公号 2022.3.27）

梦游人

烟　驿

站台拥挤着焦虑的人群
喧闹的流行音乐，城市深处不断传来
撞击与断裂，嘶喊与叹息

上车人与下车人分隔在玻璃两侧
在不同时段分别
通过钟楼

我坐在人群之外
一个人看天空
树影、屋檐、兽头与烟囱

候车室有人演讲，我有些恍惚
不能融入又不能离开
仿佛世界是一面无法穿越的镜子
我走了它就碎了

（原载"烟驿"微信公号 2022.3.27）

坡下有棵树

闫秀娟

山地是个大斜坡

她跪着爬着把

去年的柴草圪节拔出来

拔出来堆成小堆堆

她粗硬的手指像农具一样

伸进土里

像把自己也伸进了土里

坡那么大那么斜

她要拄着耙子挪动身子

她朝半坡上去了

坡下的柴草堆堆

微微冒着蓝烟

像一种陪伴

她坐在那里

像落满灰土的树圪塔

老皮粗硬枝节变形

像很多闪电

长在泥土里

长在一起

长成九十岁

坡那么高

老人成了一点点

坡下只有一棵树

树很茂密

像一直就这么绿

像是老人把自己

种在了那里

像有很多树抱在一起

抱着自己

（原载"黄土地上的歌谣"新浪微博 2022.3.14）

盛　事

严雅译

风雪停在你眉间

立秋后的时间在松果皮上停着

而霜叶还未落

泥土上的脚印是森林里藏着的许多故事

捡蘑菇的女人，看蚂蚁的小孩子

他们在森林中间

森林在黄昏中间

我们，在二十四节气中间

请看着我，阿良

请看着油蝉声摇落叶子上的雨水

连同你眉间风雪，漫过我心脏的半匹江河

看它如何淹没离别和相遇这两件盛事

请别说话

捧起时间恩赐的果实，温柔地

我们捧起松果，一个

一个，一个

（原载《诗选刊》2022 年第 3 期）

我喜欢

颜梅玖

在老家屋后，曾有一条

被树荫遮掩了一半的小河

河面有一半的明亮

还有一半的幽暗

我喜欢那明暗的晃动

我喜欢夏日里，那被树叶筛滤后

变得柔和的光线

喜欢阳光透过茂密的树叶

轻轻触碰到河面的那段时间

总之，我喜欢内敛的，温情的事物

准确地说，是喜欢那种寂静

就如老屋里的毛边书，磨损的绳子

陶制的坛子闪烁着朦胧的光，以及

跛脚的五斗橱

仿佛它们吸纳了周围的声音

它们将我深深吸引

在时间的调和中

它们越来越暗淡、陈旧

而我喜欢

我喜欢在这种光滑的寂静中

听见自己的呼吸

（原载"早上好读首诗"微信公号 2022.1.12）

雪是神灵铺向人间的一片纸

杨　强

这一场

也刚好铺到了我的镇

刚出厂的白

先是一个烟囱画到了纸上

接着一个穿红衣的女孩画到了纸上

接着一群孩子画到了纸上

一辆战战兢兢的客车画到了纸上

车辙画到了纸上

一只哆嗦的狗，还有它的缰绳画到了纸上

一个冥思苦想

希望神助的诗人画到了纸上

一门亲事，张灯结彩画到了纸上

用梅花多余的红盖一个印章

风干。画的画就完成了

深夜，谁把这画收走，再铺下一张纸

（原载《飞天》2022 年第 1 期）

南太行

杨献平

我一次次回到这里

秋风从不弯腰，普天下的农人

活得让全人类心疼。路过一段斜坡的时候

一头黄牛，驮着金黄的玉米

一个老年妇女，身子像是一枚歪斜的钉子

几串干豆角晃动，好像命运的钥匙

迎面的车辆，卷起一团草屑

北方又该颗粒归仓了

山楂和柿子，红得只剩下虚空

这是我熟悉的乡野，南太行只是一个称谓

当天夜里，虫鸣继续

流水于沟壑之间，提着白雾的星星

（原载《草堂》2022 年第 3 期）

诞　生

杨泽西

树枝因最先忍受不住寂静

而发出低吟

寂静是一颗松针悬浮在墓园的空气里

逝去的人们其实从未消失

他们在地下过着和我们相反的季节

而现在这里是寒冷的冬季

篝火在羊圈里慢慢升起

母羊挺着庞大的肚子站在火堆旁

她就要生了

黑夜被雪的反光照得很白

这是神圣又纯粹的时刻

雪在窗外静静地下着

我们都在等待着小羊的诞生

像等待着亲人的转世

（原载"野草"微信公号 2022.1.15）

那女孩的星空

杨碧薇

整个夜晚，我们在萨热拉村的旷野中看星星：

报幕的是金星，

为它做烤馕的是木星；

很快，银河挥洒开晶钻腰带，

北斗七星舀着新挤的阿富汗牛奶；

猎户和双鱼躲起了猫猫，

天琴座拨响巴朗孜库木。

另一个半球的南十字星耳朵尖，也听得痒痒的，

只好在赤道那头呼唤知音。

十岁的阿拉说："今晚我好开心。

等我长大了，能不能当个宇航员？"

——她瞳孔的荧屏上，一颗滑音般的流星

正穿过天空的琴弦。所有浑浊的事物

都在冷蓝的呼吸里沉淀。

后来，塔吉克人跳累了鹰舞，按亮小屋的彩灯。

魔幻世界倏然隐去，

而某种奇光，已在万星流萤时照进我们心底。

（原载《诗刊》2022 年 3 月上半月刊）

微颤的生活

叶燕兰

我常戏谑你，傻瓜

其实你是天生的聪明人

与街上的大多数相似

温和，寡言，不深究

危险的关系

像远处的纷争，近处的爱情

每当我这个真正的傻瓜向你

抛出一连串的质疑、诘问

季节向我们抛下冰霜雨雪

你总以沉默之刃抵住

这左右手互搏的矛盾

末了，拿起案上久置的苹果

用笨拙的刀削去无用的皮

削弱共同抚触过的温度

一分为二，一半递给我

一半递给微颤的生活

（原载《福建文学》2022 年第 1 期）

离别是我身体里的一根肋骨

——致玲玲老师

荫丽娟

所有的大雪都下在
分别之后。
我没来得及折叠好来路，你就
走远了
远到漂洋，又过海
远到雪片成了英文字母，与
三十年光阴混为一谈。

不要说你的白天是我的黑夜
地球终是圆的
还可以找到你，手机横渡
几段轻飘的问候
离别是我身体里的一根肋骨
你也一样，我们以鱼的形式投入
不相同的河流。

不为彼此感知的
就不要说出来了。
你看大雪一直在下，世上白的
空无一物……

（原载"晋兰亭"微信公号 2022.3.12）

四月的第一天

殷 子

阴天

薄雾伏在灌木之上

等待修剪

这样的天气适合环抱取暖

适合喉咙松弛然后紧绷

适合喝茶

适合沉默寡言，将眼神递到一半

适合一两个笑话

适合苹果和两三本小书

适合抬头看见鸟群，像一群无着的音符

适合勃拉姆斯

适合一两页信纸

适合影影绰绰的远方

适合轻轻叹一口气

适合迟一些再去林间散步

适合低头撞见一头小鹿

适合昨夜的露珠从枝头坠入山谷

（原载"青岛西海岸文学"微信公号 2022.2.19）

桥 下

于 坚

在火车上最喜欢的是

桥墩下面的那块草地

痛苦丛生的旅途

刚刚瞥到就不见了

101 大桥下有块草地

卡桑德拉大桥下有块草地

普者黑大桥下有块草地

布鲁克林大桥下有块草地

金沙江大桥下有块草地

跳跃着的落日下有一块金色的草地

哦 "桥下" ——多少诗章

必有干树枝　嫩草和枯草

必有桉树或别的树

必有虫子和小石头

必有小溪流和施工留下的废墟

必有纸屑或者碎玻璃

必有阴影　微不足道

列车永远不会停在这种地方

（原载《百花洲》2022 年第 1 期）

《山中的空地》（局部）版画 2　作者：邹晓萍

我不能把悲伤驱赶到角落

它昨日还蹒跚学步

今日已亭亭玉立

前暖泉村

于成大

没见到温泉，却邂逅一群牛

它们大概有二三十头

三三两两于一片绸缎般的河滩上

埋首青草，偶尔抬一下头

然后继续吃草

几朵不知名的野花

压下了蒿草们的喧嚣

青苔，压下了石头们的躁动

天空高远，水流过村庄的样子

就是十七岁少女的样子

母牛伸出舌头舔着小牛

小牛也会钻到母牛的肚子下，吃奶

有什么正在融化

九月，比我想象的柔软

（原载《星星诗刊》2022 年第 3 期）

秋　分

于海棠

傍晚像一种恒久的失去

灰暗让一切捉摸不定

木槿花枝头的香气

消失得毫无防备

有时，我们的思考抵不上

一阵秋风的涤荡

日落时荻花

过早地奉献了自己

荆棘丛最后的鸟鸣

安抚迟疑的心

我们害怕某些事物的消失就

像害怕一个人过早的离开

时间翻动了一个季节的

美丽，一个下午

停止了很久

你看到树丛中那

消失的到底是什么？

我们被时间遗忘又

被时间敲打

有一小片光明仍装着我们

澄澈干净的心。

（原载《诗刊》2022 年 2 月上半月刊）

照金的夜晚

余冰燕

推开窗，青山的影子在池中摇晃

云翳够多了

先生，黄昏浮动在你的肩头

现在我们去吃晚餐

桌上有鸡蛋、培根和蔬菜沙拉

嘎啦苹果脆甜。如果八月也能下一场雪

整座城市的灯光都将为我们一一熄灭

来到照金的第一个夜晚，石阶上的青苔

已经爬到了群山背面

沿着蜿蜒曲折的公路我们缓慢行走

萤火虫点亮了墨绿的草丛

你说，一株狗尾巴草就是一个无穷的宇宙

我们应当像植物一样简单而沉默地生活

下山的时候，晚风习习

你紧紧拉着我的手

虫鸣声飘在身后

头顶的月光流落下来

像一场声势浩大的雪。先生，爱你时

"我的灵魂没有一丝白发^①"

（原载《诗歌月刊》2022 年第 2 期）

红色水鞋

余洁玉

六岁时，我有一双红色的水鞋

我穿着它踩过无数的小水坑

溅起多少水花，就有多少微光

映照着葡萄般的笑脸

我穿着它第一次走进学堂

戴眼镜的先生暗示我

坐在靠窗的位置上

到了秋天，一片黄叶飘飞进来

我把它夹进语文课本的第十页

有时，我也穿着它走过墓地

妈妈说里面住着我的先人

我脱下鞋子，一边抖落泥沙

一边看妈妈除去坟前的荒草

---

① 引自马雅可夫斯基《穿裤子的云》。

那时，红色水鞋是真的好看

像灰色的日子里，一道光从脚底下滑过

（原载《星星》2022 年 2 月上旬刊）

月亮的薄影

鱼小玄

浮起来了吗？月亮的薄影子

它在你我交织的梦网。瘦的梨树

水鸭、池潭、篱墙、茶田………

最近都是满月，我拾捡了

一篮词语。譬如鸟的词语，"啁啾"

"咕唧"，沾了些雾，湿浸山雨

月光是篾子，削得细细

善于编织的手艺老人，做活时

又削出几根琴弦。山风拨动了松林

松声阵阵，浮起来的

这轮满月，是旧的，也是新的

我曾，用丝线缝过它，留了条条纹路

（原载《四川文学》2022 年第 2 期）

她 们

羽微微

好像并没预兆
一个愤怒的人
便从我的身体里往外
扑了出去。她冲着所有遇到的事物
撕咬。咆哮。我没有阻拦她
倘若一个人又累，又没有人爱
我也会这样。另一个悲伤的人
留在我的身体里。
但没有哭。她忍着眼泪。

月亮的光，多么温柔啊！
人间的事，她全都不管。

（原载《星星》2022 年 3 月上旬刊）

声 音

悦 芳

其实，我的内心
装着山川、风物
和爱。偶尔，
也会把一些飞禽走兽

安置其间

我无法复述走过的树林

每一条岔路都指向迷茫

也不能把伤口剖开，让你听远去的

风声。我的耳朵里挤满了各种声音

麦芽破土的声音

树木开花的声音，火车的声音

墙角蜘蛛结网的声音

中年夫妻争吵的声音，更多的人

沉默的声音

那些走失的记忆，已无法将我

找回。我从树林走过

常常听见自己的咳嗽声

每一声咳嗽，都有树叶飘落

药片一样，嵌入时间的

裂痕之中

（原载《诗歌月刊 2022 年第 1 期》）

书　架

云小九

摆在书架上的静物，送的买来的皆有

在母亲失明后

时间的灰尘中

它们等候再一次判决

猫可不管这些，它兀自

趴在那里

把自己当成花瓶、屋脊上的瑞兽

或者其他什么

词语也是静物，但当母亲的手在书页上摩挲

就会生产出动态的画面

色彩、声音和情绪

（原载《诗刊》2022 年 1 月下半月刊）

忆山中一夜

张二棍

已过去多年的寒夜，却被

身体上的几处冻伤，牢牢记住

而温暖过我的那一簇簇火苗

依然随心跳，晃动着，忽明

忽暗。注定，一生都徘徊在

在无边的风雪中，沿袭着那一夜

饥寒交迫的宿命。像一个绝望的囚徒

沿袭着古老的镣铐。像祖传的哭丧人

沿袭着凄婉的好嗓子。过不去了

那绝望的一夜，一生中多出来的一夜

那面向一堆篝火，背负无垠黑暗的

一夜。余生，我都在承蒙

那篝火，那余温，那灰烬

越来，越厚重的恩典

（原载《诗歌月刊》2022年第4期）

寄明月

张巧慧

今夜有月，上弦月

又是九月初三

人到中年，马上相逢应无话

对汉语偏执的爱

再信一次，痛一次

想象你，书写

愿逐月华流照君的美好模样

"蝶或飞蛾，人性的局限……"

我已把心中的野马拴住

料你也是

"再没有什么可以相信，人性之黑"
"你的，还有我的"

明月，我终究愧对你

（原载《作家》2022 年第 1 期）

致黄昏

张巧慧

整个黄昏，我都在想你
夕光，惆怅，暮晚之爱，一个女人的犹豫

倦怠了绚烂，我已愈来愈偏爱
日夜交接时将暗未明的青灰

阳台上的摇椅是空的，远处的群山
已渐渐转为浓黛
青灰色，在天边愈来愈淡

有那么一瞬，我几乎难以自持
短信的冲动——

你看，世界从没有水深火热

只是一个人的作茧自缚

（原载《作家》2022 年第 1 期）

地球上的宅基地

张执浩

我的侄子整天开着他的大卡车

把地球上的物质运来运去

通常是些石头、煤块或沙子

这里的坑刚刚填平了，那里

又会出现一座更大的坑

因此我几年才能见到他一次

时光在飞驰，他的车

越换越大了，但车厢再长

车头里面只坐了他一个人

通常他半夜回家，把车停

在院子门前，不用按喇叭

两条狗就从角落里跑出来迎接他

漆黑的夜空，漫天的繁星

他钻出驾驶室仿佛从空中

跳上大地，开始有些不适应

但随即就明白了家的意味

卡车在夜里熄火之后变得特别黑

高大的车轮散发着橡胶味

我的侄子在黑暗中掏出烟

总是他父亲先于他点燃打火机

两颗烟头凑近又疏远

我在遥远的城市之夜也能看见

这一幕：两颗烟头在夜色中

凑近了，又疏远

没有什么比它们更明亮

更能让我看清那块宅基地

在此生的尽头一闪又一闪

（原载《大家》2022 年第 2 期）

荒 芜

赵亚东

带尖顶的落地钟

很久没有发出响声

钟摆被风吹着

柳条篱笆卷曲着

像一个人走到了老年

我决定放弃修理它们

院子里空荡荡的

我和起伏的大地

最终止步于时间的荒芜

（原载《诗刊》2022 年 1 月下半月刊）

陷　落

赵亚东

两个穿花格衬衣的孩子
围绕着一块明亮的玻璃
影子不停地滑动着

当他们再无处藏身
就一头扎进玻璃的深处
后面跟着更多的人

手持玻璃的人
用尽了最后一点力气
他终于松开了手
玻璃碎了一地
一个人也没有逃出来

（原载《诗刊》2022 年 1 月下半月刊）

暴雨就要来临

周 簌

鸟鸣也不去擦洗，天边的那团浓墨

暴雨就要来临——

我丈夫的淡蓝色衬衣

在阳台的，晾衣架上的风中鼓荡

每次他穿着淡蓝色衬衣

下颌刮得光滑的样子

让人感觉，年轻时的爱情正渐渐苏醒

他不教我如何抵抗心灵的孤独

那么多盘踞心中的问题，等不来答案

或许时间与沉默最终能解开

这样想着，在漫长而深沉的孤独中

我枯萎的内心，又长出一茎嫩芽

（原载《星星》2022 年 2 月上旬刊）

过老庄纪

周 舟

没有人，无从打听该从哪儿

走进村庄，遇见一条狗

愣了一下神，方明白

狗，就是院子的围墙

人呢，被两边的房子箍着

巷道又窄又长

好一会儿，拖拉机像从外面开回来

却看不见

侧一下身，发现下午的阳光正靠着

一户人家的东墙

你不打算走进去

但你听见人的说话声

其影杳无其音邈远

最真实的是一幢楼正沿

一棵老槐树往上长，长到一半

就停下来，人呢

你回头找的时候，太阳正在落山

只看见你本人正缓缓地从巷道口走出来

（原载《中华辞赋》2022 年第 1 期）

下雪了

朱建霞

上班的他走在雪地上

更多的人走在雪中

起得这样早

他们吃饭了没有？

还有，她们要去哪里？

嬉戏的鸟儿，又去了哪里？

雪用一阵冷风回答我

雪用一片空白回应我

一场雪，只要不和生存连在一起

就是一场好雪

（原载"中国作家网"2022.3.21）

瓜 豆

祝立根

在那一块门前的土地上

父亲和母亲，弯腰锄地

拔起杂草，将石头一一剔除

偶尔抬头望一望

山巅积雪，偶尔

教导我们：种瓜得瓜，种豆得豆

他们已经白发苍苍

我已不会说出我的困惑和疑虑

为什么，杂草一直在蔓延

为什么，土里一直埋着捡不尽的

碎瓦和碎石，为什么

种瓜不一定得瓜

种豆……或许祖父母也曾这样教导他们

我也见过母亲突然扔掉农具

跑到地头，迎风哭泣

灰蓝的泪滴，落进流水

望不见的大海，或许又多出一些盐粒

我也见过父亲高举锄头，一下接一下

砸碎土里的石头，细瘦的庄稼

或许也会多出一点儿骨头

更多的时候，他们总是沉默

在每一场暴风雨中，攥紧拳头

攥紧彼此的手

又在另一场暴风雨到来之前，走进地里

一棵一棵扶正倒伏的豆苗

一棵又一棵，补种节令错过的瓜秧

（原载《人民文学》2022 年第 2 期）

《新诗选》公告

　　《诗探索》作品卷因多种原因决定自 2022 年开始改变运营方式，并正式更名为《新诗选》，由过去以发表原创诗歌为主改为以选载为主的诗歌季度选本。

　　《新诗选》继续由北京诗探索文化传媒有限公司出品，中国当代文学研究会和四川大学中国诗歌研究院为其学术支持单位。《新诗选》将延续《诗探索》作品卷的精神传统，为中国新诗史保存独立的研究资料，为中国新诗的发展做出自己的贡献。

　　《新诗选》将与中国新诗同步，一个季度一个选本，一年四本；每年年底优中选优，出版一本由林莽主编的《中国年度诗歌》（漓江版）；每年最后再从入选《中国年度诗歌》的作品中评出 6 位诗人，颁发年度"中国诗歌发现奖"（奖金 + 证书 + 颁奖研讨会）。努力为读者选出每个季度每个年度的优秀新诗作品。

　　《新诗选》除了和全国各文学报刊紧密联系独立选稿之外，为避免遗珠之憾，欢迎广大编者和读者推荐自己喜爱的诗歌作品，欢迎朋友们将自己发表的诗歌精品及时提供给我们。征稿启事如下：

　　一、征稿范围：本年度在所有公开和内部出版的报刊书籍，及所有网络等媒体（公众号、网站、微博等）发表的新诗作品电子版（包括翻译诗歌）；

　　二、注意事项：每人每次投稿 3-5 首，每首诗歌题目下请注明作者姓名，每首诗歌末尾请注明：（原载 xx 报刊或网络平台 xx 年 xx 期）。稿件末尾请附上作者的详细通信地址、真实姓名、电话等（选载后寄样刊用）；

　　三、投稿邮箱：18561874818@163.com

图书在版编目（ＣＩＰ）数据

新诗选 . 2022 年 . 第一季 / 陈亮主编 . -- 上海：
上海文艺出版社 , 2023
ISBN 978-7-5321-8583-2
Ⅰ . ①新… Ⅱ . ①陈… Ⅲ . ①诗集 – 中国 – 当代
Ⅳ . ① I227
中国版本图书馆 CIP 数据核字 (2022) 第 226242 号

发 行 人：毕　胜
责任编辑：李　霞
封面设计：良友书坊
特约编辑：王美元

书　　　名：新诗选 . 2022 年 . 第一季
作　　　者：陈亮　主编
出　　　版：上海世纪出版集团　上海文艺出版社
地　　　址：上海市闵行区号景路159弄A座2楼　201101
发　　　行：上海文艺出版社发行中心
　　　　　　上海市闵行区号景路159弄A座2楼206室　201101　www.ewen.co
印　　　刷：三河市兴国印务有限公司
开　　　本：710×1000　1/16
印　　　张：15
字　　　数：174千字
印　　　次：2023年1月第1版　2023年1月第1次印刷
Ｉ Ｓ Ｂ Ｎ：978-7-5321-8583-2/I • 6761
定　　　价：88.00 元
告 读 者：如发现本书有质量问题请与印刷厂质量科联系　T:18630658620